みやざきエッセイスト・クラブ
作品集26

珈琲の香り

はじめに

みやざきエッセイスト・クラブ会長　福　田　稔

今年の七月三日、メディキット県民文化センターにおいて国民文化祭と全国障害者芸術・文化祭の開会式が行われた。みやざきエッセイスト・クラブとしてはイベント参加を見合わせたが、どのようなスタートを切るのか、私は興味津々だったので、出席することにした。午後二時半開演。厳かな雰囲気の中、式典は進行した。そして、後半は華やかなフェスティバルとなった。見応えのある素晴らしいパフォーマンスに、三時間も同じ姿勢で座り続けた疲れを感じることはなかった。

それから三週間が過ぎた七月二十三日には、東京オリンピックの開会式が行われた。翌日は新聞などのマスコミが、開会式にまつわる話題をいくつも取り上げていた。その一つが天皇陛下の開会宣言での、英単語celebrating（原形はcelebrate）の日本語訳であった。

『オリンピック憲章　二〇二〇年版・英和対訳』によると、確かに「祝い」という訳語が当てられている。しかし、翌日のマスコミは、コロナ禍に配慮された陛下が、この単語の訳を「記念する」に変えて宣言をされたと報じた。

私はこの報道について論評するつもりはないが、英単語celebrateの本来の意味についてマスコミは全く取り上げないので、一言触れておきたい。

日本語で「祝う」は、「めでたい物事を喜ぶ、祝福する」という意味がある。しかし、ラテン語に由来するcelebrateには、本来このような意味はなかった。英単語の仲間入りをした十五世紀末、celebrateは「式典を執り行う」を意味していたのである。

おそらく、厳かな式典の後には、式典に参加した人々が集い、会話や飲食などを楽しむ場が設けられることもあっただろう。これが繰り返されるうちに、celebrateは、特別な場を設けて祝福するという意味でも使われ始めて、遂に、これが主たる意味へと昇格したと推察される。ただし、辞書を見れば明らかなように、現在でもcelebrateは本来の意味を留めている。

どのような言語でも、それぞれの単語には歴史があり、歴史を背景とした意味を備えている。だから、異なる言語の単語の意味を比較するとき、少し見方を変えたり、調べたりするだけで、隠れていた事実に気づくことができるようになるのだ。

エッセイの功能の一つは、この「気づき」にあると思う。こういう見方があるのかと感じたり、こういう切り口で表現するのかと感心したりするときの「気づき」である。

読者の皆様が、この二十六冊目の作品集を通して、さまざまな「気づき」を楽しんでいただき、今年も無事に出版できたことを、私たち会員と共にcelebrateしたいと思っていただければ幸いである。

目次

カバー絵・扉絵

榊　あずさ（さかき　あずさ）

一九九五年　佐土原高等学校　産業デザイン科卒業
一九九七年　名古屋造形芸術短期大学　ＶＤ科卒業
二〇〇五年に宮崎県内の出版会社を退職後、フリーでデザインやイラストの仕事を始動。
現在はブックデザイン、パンフレット、フライヤー、リーフレットなど、ＤＴＰにおけるグラフィック全般のデザイン制作に関わり、絵の展示会などにも参加。

作品名

カバー絵「Fullday」
扉絵「mischief」

珈琲の香り

みやざきエッセイスト・クラブ 作品集26

伊野啓三郎

サウンド人生、今暫し

サウンド人生、今暫し

ラジオのマイクの前でリスナーに向かって洋楽を紹介し、その心を伝える番組をスタートして早くも三十七年になる。思えば宮崎放送が下北方町の処女地から現在地に新築移転した一九八四年十月、同時にスタートした記念すべき時だった。

毎週日曜日、夜九時から十時までの生放送による一時間番組、「アンクルマイクとナンシーさん」は二〇一九年三月末、放送三十五周年を機に幕を降ろした。代わって同五月より「アンクルマイクのビューティフルモーニング」月—金曜日朝七時三十五分から四十五分までの十分間録音放送でのスタート。

番組開始以来、格別の配慮をもってご指導くださっている春山豪志代表取締役のお心遣い、九十歳を超した高齢への配慮、身に余るご懸念に対して有難く充分に留意しながらの日常活動を心掛けて、信頼に応えられる放送を目指して専念している。

三十七年間のラジオでの歴史と共に、洋楽との出合いを振り返ると、戦中戦後の少年時代から青春期にかけて好んで洋楽を聴き、次々とジャンルを超えて接してきたことにあると思う。

特に一九四〇年代から二〇〇〇年代にかけての二十一世紀音楽文化の発展は著しいもの。情緒溢れる詩情、男女の愛、友情、等々数分足らずのメロディラインの中に、充満する総てが凝縮されたその心。アナログ時代には魅せられてレコードがすりへるほど、数限りなく聴き入ったものだ。特に当時から孤高のシンガーソングライターとして異才と謳われた数多くのナンバーは今でも誦じることができる。

そんな一人にピーター・アレンがいる。一九六四年、彼はクリス・ベルと組んで東京オリンピックに沸く日本と香港のツアーを行って、香港のヒルトン・ホテルで出演した際、偶然にも大物女性歌手ジュデイ・ガーランドが宿泊していて、彼らのショーを見て感動し、彼女の前座として二人を起用するというチャンスに恵まれた。やがてレコード会社との契約、その上、将来を見込まれて、ジュディ・ガーランドの娘、ライザ・ミネリとの結婚（六七―七〇年）。

七四年にリリースされた一曲「愛の告白」は、別れたライザ・ミネリへの断ち切れぬ愛の想いが溢れんばかりのナンバーとして、その心を識るファンには感動を与えたものだった。

オリビア・ニュートン・ジョンがいち早くこのナンバーに着目、レコード化し、七四年、全米ナンバーワンを記録すると同時に、同年度グラミー賞を受賞の栄誉。

七七年、東京音楽祭でリタ・クーリッジが歌ってグランプリを受賞した「あなたしか見えない」、この曲も心に沁み入る、彼の残した美しい一曲。そんな天才的シンガーソングライターとして感性に満ち溢れたピーター・アレンがその後、エイズで夭折したことは余りにも痛ましく、天を恨んで涙したことだった。

洋楽の多くは、それぞれ独自の個性、感性が発揮されて、誰憚ることなく表現されていることが何よりも嬉しい。

他にも古くは、レオン・ラッセル、ボブ・シーガー、黒人音楽の世界では、サム・クック、レイ・チャールズ等々、原点に迫る「レジェンド」は時代が残した宝物、同じ人間でありながらどうしてこのような感性が形となって現れたのであろうか、そんな思いすら心に浮かんでくる。

洋楽との出合いを振り返ってみると、一九二九年、旧朝鮮仁川府にて出生、小学六年生の時、皇紀二六〇〇（一九四〇）年の我が国世紀の式典に参加するという歴史と共に歩んだ幼い時代。

三年後の一九四三年、仁川中学三年生の時だった。同級生山本君の家に招かれた時のことである。山本君の家は、その時初めて知った「置き屋」という職業だった。常に五、六名の芸子を抱えての置き屋。

冬のある日、山本君を訪ねた時、美人のお姐さんに誘われて部屋に入ると、当時珍しい蓄音機から音楽が流れていた。「ヴァン・ホーテン」のココアをいただきながら聴いていると、それはワルツによるインストゥルメンタル曲、軽快なワルツの中から漂う一抹の淋しさ、初めて聴いた曲なのに、何かしら哀愁と情感溢れるぬくもりが交錯する思いの、感動の一曲。続けて三回ほど聴かせてもらうと、もうすっかりメロディラインが心に残り、不思議な世界を漂う思いにかられたことだった。

洋楽からの感動を初めて識った、忘れられない一曲。その後何回か訪ねた時、お願いして聴かせてもらうと、彼女は、「このメロディを聴くと、何となく故郷のことが心に浮かんでくるのよー」と語っていたことが印象的な思い出となって甦ってくる。

戦争の激しさが続く中、勤労動員でその後山本君ちを訪ねる機会もなく、やがて終戦を迎えた。

一八〇度急転回の未だ嘗て味わったことのない引揚者生活、意を決して宮崎市への移住。

何ひとつ資産もない一家九人のあてどのない生活。父、姉二人、兄、そして自分の五人で、残る母、弟三人の面倒を見ながらの苦難の生活の始まり。そんな時、心の糧となったのが当時橘通り二丁目にあった「西村楽器店」。店内に入ると、次々と洋楽が「店内放送」で耳に入ってくる。レコード棚の前で次々とレコードをめくりながら、ジャケットの中味を想像する楽しさ。洋楽の世界への空想の中にひたる嬉しさ。辛い生活の中で唯一の憩いのひとときだった。

一九五三年のある日の午後、夢中でレコードをめくっていると、背後から流れてくる何となく聴き覚えのあるメロディ、ハッ！と気がつくと、山本君ちのお姐さんが聴かせてくれたあの曲だ。

背筋がブルブルと震えて暫く止まらない。

フランク・シナトラが軽快に唄っている。

早速カウンターで曲名を聞き、レコードを見せてもらった。ジャケットを見るとグッドナイト・アイリーンとある。

その後、暫くしてから知ったことだが、殺人犯として三十年の刑期を務めていた黒人男性レッド・ベリーが獄中で作ったナンバー。この歌を当時のルイジアナ州の知事が感動して重罪の身にもかかわらず釈放するという幸運。

その後一九三五年、レッド・ベリーファンの一人が彼を歌手として再生させる。信じられないような幸運が次々と舞い降りてきて、レッド・ベリーは一躍時の人となり更生したというエピソード。

あの時以来、探し求めた曲との出合い。感動はひとしおだった。

レッド・ベリーが歌って白人社会で評価されて以来、すでに九十年、今日も次々と新たなカヴァー曲が誕生しているが、イーグルスのドン・ヘンリーの最近の新譜（カス・カウンテイ）、エリック・クラプトンの同じく新譜（オールド・ソック）の中における『グッドナイト・アイリーン』は、二人の超大物の独自の歌の解釈もあって、新たな「グッドナイト・アイリーン」として表現の美しさを感じさせてくれたことだった。

現在、レッド・ベリーによる原曲は、スミソニアン国立博物館に収蔵され、永久保存されて後世に伝えられる栄誉の中で生きている。

日本の演歌以上に生活文化の中から生まれるような思いのカントリー・ミュージック。

孤高のシンガーソングライター、ボブ・シーガーやレオン・ラッセル、ボブ・ディラン等々の純粋さを誇る詩の心を識るほどに、激しく心を揺さぶられるものだ。

黒人社会から生まれた「ソウル・ミュージック」、神を崇め祈り、神と共に生きる「ゴスペル」、虐げられた差別の中から生きる望みを神に託した黒人霊歌、聴くほどに心が洗われて清々しい思いに満たされる。

一方、カントリー・ミュージックの由来を追うと、十九世紀、一八四〇年代アイルランドで起こった「じゃが芋飢饉」。八〇〇万の国民のうち、一〇〇万人が飢えと病で死亡するという困難の中、二〇〇万人の人々が新天地を求めてアメリカへ移民として国を後にする未曽有の事態。アメリカ北東部のマサチューセッツ州ボストン一帯は今日もなお、アイリッシュ系の人々で占められているという。

北東部で起こったアイリッシュ文化はやがて、カントリー・ミュージックや、タップダンス等へと発展して、またたく間に全米に伝えられている。多彩なシンガー達によって作られたアメリカ音楽文化、今年もまた、世界最大の音楽祭第六十二回グラミー賞が発表され、連綿と続く伝統文化の粋に触れたことだった。

故郷アイルランドを想い、困苦に耐えて生きる中から生まれたアメリカン・ミュージックの原点、異文化から受ける感性、感動、それは読書であり音楽であると思うが、特に音楽の場合詩の内容を的確に伝えることによって、その心が理解され、より深くイメージが高まれば！

そんなお手伝いをするのがパーソナリティの真の役目だと思って、マイクに向かっている。時折、ふと「年甲斐もなく……」と一瞬心をよぎる時もあるが、ミュージック・プロバイダーとしての自覚に徹し、洋楽の楽しさを一人でも多くのリスナーの方々の心に刻んでいただけたらと思って、こちらも楽しみながらの解説。

言葉は通じなくても、メロディラインから受ける歌の心、洋楽にはそんな不思議な感性がすべてにひそんでいる。

ミュージック・プロバイダー（音楽の伝導師）、そんな大それた役割、今暫しという思いの昨今である。

岩田英男

恋風そよぐ庭

恋風そよぐ庭

庭いじりや庭仕事の家庭園芸を、総称してガーデニングと日本で呼ぶようになったのはいつの頃からだろう。私のあやうい記憶では、昭和から平成へと元号が変わった頃からだったような気がする。

本格的にガーデニングに取り組んでみようと思い立ったのは、今の家に移り住んだ平成十年頃だった。ウイスキーメーカーのサントリーが、バイオテクノロジーの技術をいかして、花の原種を日本の風土にあうように品種改良し、可愛い魅力的な名前をつけて、販売しはじめたからである。

得意だったのはオベリスク（円錐形の骨組みのタワー）を使って、つる性の植物を這わせることだった。白のサンパラソルをテラコッタの二十号鉢に植栽し、冬場は温室代わりに広縁に取り込んで、二年がかりで育ててみた。

翌夏、四つの鉢は数えきれないほどの花を咲かせた。そこでフォトコンテストに応募してみることにした。

結果は、わが目を疑うほどのものだった。全国最優秀賞に輝き、審査員の直筆で表彰状と記念品が送られてきて、主催企業のホームページに数年間掲載されることになったのである。今でも表彰状と記念品の外国製のガーデニング用品は大切な宝物だ。

時は流れ、平成最後の初冬、久しぶりに園芸店に行くと、バラがたくさん並べられ販売されていた。その中で、見覚えのあるプランターとラベルがあった。

《デビッド・オースチン『ジ・エンシェント・マリナー』》

平成二十年頃、店主の勧めるままに鉢植えで育てたことのある、生産者名と見覚えのあるラベルだった。

『グラハム・トーマス』など、イングリッシュローズを代表する数品種は、よく咲いてくれたように記憶しているが、ミニバラならいざしらず、本格的なバラの育成は十号鉢では限界があり、庭植えがのぞましいとの知識もないままに、何年かで枯らしてしまうという苦い経験があった。

よくよく考えてみると、バラは草花でもあるが木でもあるから、庭植えこそ望ましいのであった。ソメイヨシノに代表される桜は全てバラ科である。バラ科は九十属二千五百種もあるという。ナッツのアーモンドもバラ科で、桜に似た美しい白い花々を早春に咲かせる。

とりあえず庭植えをして、育成法を身につけようと思い、先ほどのバラを購入し、来客用の駐車場の横の小さな花壇に植えることにした。

平成最後の春、多くのカップ型の薄いピンクの花をつけた。イングリッシュローズは四季咲きか、返り咲きなので、消毒と肥料を怠らなければ、春先から晩秋まで、絶え間なく咲き続けてくれたのも魅力だった。

マイク真木さんの『バラが咲いた』、布施明さんの『君は薔薇より美しい』など、バラをモチーフにした楽曲は多い。なかんずく加藤登紀子さんの『百万本のバラ』は、貧しい絵描きと時代をときめく女優の悲恋を描いたストーリー性の高い楽曲だが、バラ以外の花で我々の想像力を喚起することができただろうか?

S・スピルバーグ監督のアカデミー作品賞受賞作品『シンドラーのリスト』は、彼の人道的で勇気ある行動に救われたユダヤの人々と多くの子孫が、心からの感謝を込めて、墓参するシーンで終わる。最後の参列者が墓石に供えるのは、二本の赤いバラである。

同じアカデミー作品賞受賞作品『アメリカン・ビューティー』では、真紅のバラがスクリーンを華やかに彩るとともに、世間からは羨まれるほど幸福にみえる核家族が、あっけなく崩壊していくメタファー(暗喩・隠喩)として、重要な役割を果たしている。

映画『追憶』や『ハロー・ドーリー!』などで有名な、世界的な女優・歌手のバーブラ・ストライサンドさんの、ラスベガスでの公演を、サブスク(有料定額配信)で観た。大きなアリーナの舞台は細いスポットライトだけで、漆黒の闇が広がっていた。ステージ上には、アンティークな木製の丸テーブルに、上品なティーポットと、オレンジ系のバラ三本をいけた花瓶が置いてあるだけの至って簡素な装飾だったが、これぞ西洋版「わび・さび」の極致かと、思わず驚嘆の声をあげずにはいられなかった。それは歳月を重ねた彼女の容貌と美声を際立たせるのにふさわしい、最高の意匠と思われたからである。

令和元年夏に開催されたラグビー選手権世界大会は、大きな盛り上がりを見せた。記録にも記憶にも残る素晴らしい国際試合だった。ラグビー発祥の地イギリスの紹介では、紅茶とバラを愛する国民性だと何度もアナウンスされ、脳裏に刻まれた。

大会後、ＮＨＫのＢＳ放送で、バラを中心とした英国庭園の、ガーデナー父子を紹介する番組があった。初老の父親は笑顔ながらも矜持をもって、半生を振り返りこうつぶやいた。

「お金をよりたくさん得ようと考えれば、他の仕事に就いた方がよかったろう。そして、零下五度から三十七度にも達する庭仕事は過酷だ。しかし庭園の四季折々の変容や景観の豊饒さは、何にもかえがたい幸福感を私にもたらしてくれるんだ」


令和元年晩秋、長年苗を購入し、ガーデニングの基礎をご教授いただいた園芸店が、突然、閉店するという。驚いたが、最後のイングリッシュローズの裸苗の入荷があるというので、思い切って八苗を購入した。そして、日の出から日没までの、二日間にわたる植え付け作業が終わったのは、降誕祭（クリスマス）の夜更けだった。

サンタクロースからの贈りものである八本のバラは、四季咲き・返り咲きの特性から、翌年の三月下旬に初蕾をつけたあと、温暖な気候も手伝って十二月中旬まで咲き続け、楽しませてくれた。

初蕾は花束にして、平成最後の年、四月十日に急逝された、若い頃多大なお世話になった病院の奥様の一周忌の仏壇に供えさせていただいた。皆に優しく上品で、いつも笑顔をたやさない料理上手な方だった。


イングリッシュローズは、英国人・デビッド・C・H・オースチンさんが、一九六〇年代以降、交配や改良を繰り返して完成された、まさに渾身のライフワークとして世に送り出したバラ群のカテゴリーである。

それはオールドローズの優美さと香りをいかしながら、香りや色合いをさらに増し、四季咲き・返り咲きといったモダンローズの特性をもち、なおかつ病気にも強く、一般の家庭でも育てやすいものをとの願いがこもったものだ。エリザベス女王陛下が庭園を訪問され、絶賛された栄誉あるバラでもある。

ご本人は平成三十年十二月十八日に九十二歳で永眠されたが、現在も、その業績は次の世代に受け継がれ、毎年のように新品種を生み出し、全世界で愛好されている。

令和二年末には、オレンジ系と深紅系の四本を植え付け、栽培は十三品種となった。併せて、「デビッド・オースチン　イングリッシュローズクラブ」への入会も果たした。

庭を眺めていると、夢は膨らむ。それは低木のシュラブばかりでなく、アーチ式の支柱につる性のクライミングローズが咲き誇る庭造りである。カップ型やロゼット型などの、美しい花々が咲き乱れる香り高いローズガーデンが完成した暁には、散歩される方々が足を止めて、見惚れてくれるだろうか？　もしかしたら、そこには恋風がそよぐかもしれない。

恋風とは、昭和のブルースの女王・淡谷のり子さんの代表曲、『別れのブルース』（昭和十二年　作詞：藤浦洸　作曲：服部良一）で、使われたフレーズである。

窓を開ければ　港が見える
メリケン波止場の灯が見える
夜風　汐風　恋風のせて
今日の出船は　どこへ行く
むせぶ心よ　はかない恋よ
踊るブルースの　切なさよ

軍旗はためくきな臭い昭和十年代、これほどロマンチックに作詞された楽曲があったことに、改めて胸を打たれる。

かつて横浜市のメリケン波止場・山下公園を訪ねた時、確かに恋風が吹いていた。

多くのカップルが愛をささやき寄り添う宵闇に、華やかで甘い香りや儚さを感じさせる魅惑的な微風を、作詞家は恋風と表現したのだろうか？

今では酒・タバコなどの甘美な誘惑を卒業した身に、イングリッシュローズの栽培は、華やかで優雅な景観と、老若男女を問わない健全で楽しい会話と交流をもたらし、日々の暮らしと心を豊かにしてくれる。

尊敬してやまないご夫妻の、パーゴラ（日陰棚・つる棚・緑廊）のあるローズガーデンは身近な目標だ。

それでは、バーブラ・ストライサンドの名曲『追憶』でも聴きながら、香り高いバラが咲き誇る恋風そよぐ庭を夢見て、今宵も床に就くことにしよう。

ドン・キホーテの加齢なる、いや華麗なる挑戦は、今、始まったばかりだ。

興梠マリア

祝婚歌

祝婚歌

　しっかりと握っていた手が、さりげなく振りほどかれたときのことがこれほど長く心に刻まれることになるとは思ってもみなかった。母の手だった。小学生になるというその日のために用意された制服を身につけ、いつもよりおしゃれでいい香りをさせた母と共に家を出た。車のトランクにひとつ、ふたつ、みっつ……荷物が積み込まれた。履いたこともない靴に戸惑ってゆっくりと歩いている私を抱き上げて車の助手席まで連れて行ってくれた。母の真珠の首飾りにそっと触れてなんだかとても幸せだった。その日は朝から母とはあまり話をしなかった。何か特別なことがはじまることはわかっていた。車は賑やかな街中を通り抜けて郊外の一本道を進んでいった。果てのような先に「学校」があった。この日のためにたくさんの車が停まっていた。私と同じ服を着ている背の高い女の子が車の中にいる私に小さな花束をにこにこ笑顔で手渡してくれた。思わず受け取って車から降りた。それから頭に銀色の王冠をポンと被せて「おめでとう　……Congraturations！　Welcome！」

何て答えるのか、教えてもらっていないので、黙っていた。振り向いて母を探したら、黒い服を着ている人と話していた。急いで母のそばに行った。そこが私の場所のように迷いもなく走って行って母の手を握った。当たり前のようにしっかりと手を繋いでくれた。

母は屈んで私の両手を握りしめ、私の顔を見つめて、何かを言った。何を言ったのだろう、思い出せない。ゆっくりと立ち上がり、きびすを返し静かに車に向かって歩き出していた。私の手にはもう、母の手はなかった。しっかりと繋いでいたはずなのにするりとなくなっていた。かわりに大きな温かい手が私の小さな手を両手で包んでくれていた。黒衣のスータンの腰から下げた十字架のロザリオが目の前にあった。いっしょに母を見送ったのだけれど母は一度も振り返らなかった。

六歳。私の寄宿舎生活が始まった。

フィードバック……長く生きて来たからかふとしたことが、ふとしたものを手繰り寄せるように想いおこすことがある。それが何に行き着くか、鮮明な記憶に結びつくか、曖昧なものとしてなかなか確信に辿り着けない。そんなもどかしさはここ最近独り暮らしを続けているせいなのだろう。過去の思い出は全て今、生きていることの確認のようでもある。

ずいぶん長く、夫と逢えない日々が続いている。「禍」という言葉を実感する。パンデミックとなったコロナウイルス感染症の対策に面会禁止が続く。古稀と喜寿、二人揃っての年齢のめでたさに旅行に行こうと計画を立てた。心臓に障害を持つ夫は、検査のために入院をした。安全を期したもののはずだった。退院となる日に私は事故に遭い骨折をして動けなくなった。手術後リハビリが必要な長い入院生活を送ることになったのだ。私の降って湧いたような災難と同じ頃、市内のウイルス感染者はあっという間に増え続け病院や施設は厳重な警戒対策を取ることになった。面会禁止の会えない日々の中でかつて夫がつぶやいた言葉がなぜか気になる。手繰り寄せようと試みるのだけれどそれはいつも判らない。夫が入院していた病院から老健施設へと転院する日、私は付き添っていた。市内を流れる川を渡っていたとき、川面を眺めながら夫は呟いた。誰にいうともなく二度呟いた。

「ようなきみ」「ようなきみ」

意味の判らない不思議な言葉として耳に残ったけれど、どういうことか判らず訊き返すことも訊ねることもしなかった。

令和三年。正月はそれぞれが違った場所で迎えた。松の内を過ぎたころ、けたたましく固定電話が鳴った。携帯が常なのに、誰からの連絡かと受話器を取ると夫の入所している老健施設からだった。夫が転倒したという報せだった。応急処置は終わり、医師も、看護師も介護士も見守っております。また連絡をします……どのようになるのか、予測もつかないまま眠れない夜を過ごした。次の日、脳外科を受診するので会計支払いのために病院まで来てほしいと言われた。駆けつけた。

久しぶりに見る夫は別人のようであった。

車椅子に乗っている姿はとても痛々しい。病院の入り口で声をかけると懐かしそうな柔らかい表情を見せてくれた。ＭＲＩ検査やレントゲン撮影などを終えて施設の看護師長さんとともに医師の診断を聴いた。脳の硬膜に血腫があるという。病歴が記載されているカルテを見ながら淡々と治療のために脳か心臓か、どちらかを選んでください……。

夫は今から十年も前に心筋梗塞を起こし、心臓弁の置換手術を受けた。それ以来血液の凝固を防ぐ薬の投与を受けている。血腫の腫れを抑えるための薬とは相反する。答えることのできない医師の問いかけに私は言葉を失った。私には決められない……。

危篤状態が続いた。生きているのが不思議なくらいです、と言われた。入所した時から体重は二十キロ近く減り胸板も薄くなっていた。手術もできないと告げられた。その時のために「覚悟」をと症状の説明を受けた。最善を尽くしてくださっているのはよくわかる。私にとっての「覚悟」は泣くことではなかった。

結婚して十五年後、夫は受洗した。結婚の時、僕は神がいるのかわからないと告げた。生まれてくる子どもには洗礼を授けるというカトリック教会の誓約のもと暮らしを続けた。日曜日には家族で教会に行った。夫は宣教のために赴任してくるイタリア人宣教師に日本語を教えるということを続けていた。言葉を教えるというテキストは聖書だった。その交流の中で生涯を布教に捧げる神父たちの姿に感銘を受けたという。この宣教師たちが信じている神を自分も信じたいと受洗。私たち家族に見守られ多くの宣教師に祝われて受洗した。私も、娘たちも生まれながらのクリスチャン。自分の意思で信仰を選択できることをとても素晴らしいことだと羨ましくも思えた。

「帰天」という言葉がある。クリスチャンはこの世の生を終えるとき、神様の元に帰るというい方をする。残された者は神さまの元にいくことを喜ばなくてはならない。永遠の安息を得るのだからと教えられていた。私たち夫婦は、このことについてなにも話し合ったことはなかった。

寒さも和らぎ春に向かって月日は流れ、コロナ禍は衰えることもなく、老健施設ではウイルス感染を恐れ相変わらず面会はできない状態が続いていた。便りがないのは無事の知らせというように、固定電話が鳴らない日が多くなった。一日でも長く生きていてほしいという希望を伝えひたすら祈っていた。私は事故後のリハビリなどで機能回復支援を受けている。そのサービスの中にショートステイがあることを教えてもらい、夫の入所している施設に行くことをプランニングしてもらった。杖を突かずにきちんと歩ける、足や腰のマッサージを受けるというリハビリの時間を終えた後、会える。とても貴重な時間を与えられた。昼食後、車椅子に座り介護士の付き添いの中、夫は部屋に入ってきた。私が居るということはサプライズで、私の方がドキドキした。普段から感情を表すことがほとんどない静かな人なのにマスクの上の目が大きく見ひらき目尻から涙がこぼれてきた。私も同じだった。とてもあたたかな午後のひととき、車椅子は部屋の外のベランダまで進みそこでロック。その横に私の椅子を置いてくださった。二人並んで座って、青い空と葉桜になった濃い緑を見つめている。隣に座っている夫の手をとり手を繋いだ。私はその横顔を見つめているのに夫は正面を向いたままで、まるでみたこともないものをみるように木を見つめ、鳥の鳴き声を聴き、大きく息を吸っている。部屋から出ることも無かったのだろう。マスクをしているせいか彼の声がよく聞き取れない。耳を澄ましてみる。「うん。これこれ。よしのひろし」

私にはわからない……あっ、訊かなければならないことがあった。尋ねなければならないことがあった……ちょっと息を整えて、

「聖書の中で一番好きなところはどこ?」

突然の問いかけなのに驚くことなく
「はじめにことばありき　ヨハネ」

迷うことなく、すぐに口をついてその後を
「ことばは神とともにありき。ことばは神なりき」と聖句をゆっくりと語ってくれた。

一時間くらい一緒にいられただろうか……介護士さんに連れられて部屋に戻っていった。

私はとても疲れてしまい部屋のベッドに横になった。大変な覚悟をひとつやり遂げたのだ。

「帰天」の日、デスカードを用意しなければならないのだ。洗礼を受けた時に与えられる守護聖人の霊名と聖書の中で感銘を受けた聖句をカードにする慣習があるのだ。

今も、お互い一人暮らしが続いている。

時間は充分にある。夫の思いや呟きをすこしでも知りたくってその時を楽しんでいる。

『よしのひろし』を調べてみた。吉野弘。

詩人であった。春のあの日、同じ時間を過ごしたからこれだと思う「詩」を見つけた。

　健康で　風に吹かれながら
生きていることのなつかしさに

ふと　胸が熱くなる
そんな日があってもいい
そして　なぜ胸が熱くなるのか
黙っていても
ふたりにはわかるのであってほしい＊

『ようなきみ』　この呟きもわかった。

千年もの昔の哀しさがあなたの胸から溢れでたのですね。あなたの講義ノートを見つけました。「身をえうなきものに思ひなして……」

あなたがかけがえのない人であるということがわかる。

今、私たちにそんな日が訪れたのです。

　胸が熱くなります。

＊吉野弘　「祝婚歌」抄

須河信子

予防接種

予防接種

昭和五十四年、長女が生まれ、私は母になった。そしてほとんど年子というタイミングで、昭和五十六年に次女が生まれた。

当時は出産と子育ては「女の仕事」とされていた。長女が生まれた時は、夫は娘の顔を見るまで病室で待っていた。

次女が生まれたのは一月十五日。当時は「成人の日」という祝日だった。夫は陣痛を起こしている私を産婦人科の看護師さんに押し付けると、

「仕事だから」

と去って行った。

午前十時過ぎ、小柄な赤ん坊だったこともあり、次女はあっさり生まれた。もちろん、分娩までには私はかなりな痛みに耐えていた。三度目の診察の時、先生は唸った。

「頭が見えています。分娩台に移るまでは、いきまないようにしてください」

痛みに耐えながら、いきまないというのは難しい作業だった。小さな病院だったため、ストレッチャーなどというシャレたものはない。しかも診察室は一階。分娩室は二階。階段を登らねばならない。もちろんエレベーターなどもない。

ほうほうの体で分娩台にたどりついた。すでにお産が始まってしまっている。

この子は出たがっている。私がへこたれる訳にはいかない。早く空気呼吸ができる状態にしてやらねば。

「はい。いきんでいいですよ」

先生の声が聞こえる。いきむ。赤ん坊が産道を回転しながら少しずつ外の世界に向かっている。

「いきんで!」

子宮の収縮に合わせて先生が掛け声をかける。

「いきんで！」

頭が出た。先ほどまでの痛みが嘘のように消える。産道にいた時間が短かったためか、次女はすぐに元気な産声を上げた。

彼女の母子手帳が手元にある。八月五日、着帯。病院で先生に晒を巻いてもらい、真ん中のあたりに「寿」という文字を油性マジックインキで書いてもらった。本格的な妊婦生活の始まった日だった。この晒なのだが、先生に巻いてもらうとピッタリくるのだが、自分で巻くとなぜか緩む。

出産の日まで、私は晒を上手く巻くことができなかった。

出産予定日は一月十二日となっている。彼女は予定日を三日過ぎて生まれてきたことになる。

身二つになり、離乳食を開始する。それが軌道に乗るとやって来るのが、予防接種ラッシュだ。

最初はポリオワクチンだ。最近は注射によるものに変化しているようだが、娘たちや私たちの頃は経口接種だった。妙に甘ったるい後味を覚えている。

このポリオワクチンが経口から注射による接種に変化したことには事情があるようだ。ポリオワクチンが幼児の口の中で増殖して、周囲の大人が感染するというケースがあったらしい。

ポリオの次がツベルクリンとBCGだ。ツベルクリンを接種して三日後、その炎症の大きさを測定して結核への陽転を判定する。この手順を繰り返しながら陽転を待つ。

私や友人たちはツベルクリンの接種位置を叩いたり揉んだりして、測定値を大きくするための無駄な努力をしたものだ。

しかしプロの目は欺けず、敢え無くBCGの接種を受けることになったのだった。接種を受けて順番を待つクラスメイトとすれ違う。お互いにしょんぼりした眼差しを交わす。

私はこの予防接種は小学生の頃に受けた覚えがあるのだが、娘たちは一歳で受けた記録が残っている。ツベルクリンが陽転して、無事結核への抗体ができると、今度は三種混合が待っている。百日咳・ジフテリア・破傷風の混合ワクチンだ。これが第一期は三回接種、第二期が一回接種。

第一期の三回の接種の間隔は三週間から八週間空いていなければならず、このタイミングを見計らうのが難しい。

この時期の子どもはひっきりなしに病気をもらってくる。発熱していない日を見定めるには、接種の日にちが近付くと子どもを観察していなければならない。

「よし、今日だ！」

と意気込んで小児科に行き、病院での再度の検温。三十七度を超えていたときの母親のショックたるや、経験者なら理解してもらえるものと思う。

そして母親は空振りを食らって、家路を辿るのだ。

こんなことを繰り返しながら、三種混合の一期をようやく終えた時、母親は空を見上げるのだ。済んだわ。

三種混合の第二期は「就学前」となっている。だからかなり間が空く。

しかし、今回このエッセイを書くにあたって調べてみたら、最近は成人になってから一回追加接種せねばならないらしい。そう言えば、長女が何やら言っていた。

「もう一回、受けさせんといかんとよね」

その時は何のことやらわからなかったが、ようやく謎が解けた。

これらの予防接種の後、五十七年には麻疹ワクチンを、五十九年には乾燥弱毒性ムンプス（おたふく風邪）ワクチンをそれぞれ一回ずつ、日本脳炎のワクチンを二回、任意で接種させている。

ことほどさように、子ども一人に予防接種を受けさせるということは忙しいのだ。

すべての予防接種を受けさせて、娘たちを社会に送り出したつもりだった。

ところが新たなウイルスが現われた。

新型コロナウイルスというやつだ。

娘たちはもはや私の腕の中にはいない。もう四十歳を過ぎたのだからと、本人たちに任せればいいのだが、そうはいかないのが母親の心情だ。

長女は宅建士なのだが、ちょうど会社が買収したばかりの介護施設に出向している。彼女と彼女の夫、長男までは、彼女の職域枠で接種を受けることができた。彼女の次男だけは、年齢が満ちていないために接種できない。

私と夫は近所の内科の先生に声をかけていただいて、比較的早期に接種を受けることができた。

次女は東大阪市にいるのだが、

「接種券が届いていない」

と連絡があったまま、その後の経過を教えてくれなくなった。

次女はシングルマザーで、女の子を一人育てている。しかし、この孫の保育園は感染者が出たため、現在は休園になっているらしい。そして次女は在宅でテレワークをしているらしい。

孫の保育園の休園と次女のテレワークの件は、長女がこっそり教えてくれた。

私が次女の心配をすると、夫が怒鳴る。

「お前が騒ぎすぎるから何も言うてこんのや！」

私も言い返したくなる。

「彼女が生まれた日に、私を産婦人科に放り込んでおいて、遊びに行ったのは誰でしたかね！」

「娘たちが高熱を出していても、平気で飲み歩いていたのは誰でしたかね！」

ほったらかしでは、子どもは育たない。親はなくても子は育つなんて嘘だ。そこには必ず親に代わって子どもの世話をしてくれた人がいたはずだ。

夫にとっては、飲み歩いている間に育った娘たちであっても、私は娘たちが大学に進学するまでの間、家を空けたことはない。

しかもその間、夫の家族の世話をし、夫の祖母を看取り、夫の父を看取り、夫の母を看取った。

無我夢中でやってきたが、今になると思う。何で私は一生懸命やってしまったのだろう。夫の家族など放り投げてしまえばよかったのではないか。

私は丸川大臣が通称を使用していることを知って驚いた。実は私も旧姓を通称として使用しているからだ。

まう。

「家の嫁」という立場はとても重い。次から次へと訳のわからないものを背負わされてし

私は離婚も考えて何軒もの法律事務所を巡った。

どの弁護士も言った。

「あなたの実家の資産と、ご主人の実家の資産には差があり過ぎます。ご主人のご両親が同居なさっていらっしゃるのであれば、子育ての手がありますよね。あなたが離婚なされば、もちろんあなたが働かれることになりますね。子どもさんにとっては、ご主人のもとに残られた方が幸せです。あなたは親権を取ることはできません。場合によっては、子どもさんたちとは会うことができなくなりますよ」

私は考えた末、腹を括った。

私は逃げない。離婚もしない。その代わり旧姓で生きよう。せめて、自分自身の中にある「家の嫁」という呪縛を解いてやろう。

だから私の中には二人の私がいる。

その二人の間を行き来して生きるのも、実際やってみると、そう悪くはない。どちらの自分も客観視できるという利点がある。

私が旧姓を使って作品を発表し始めた頃、

「匿名でないと、作品が書けんちゃろ」

と陰口を叩かれた。むしろ私は、ペンネームという概念を知らない彼らに驚いた。

コロナ時代の真っ只中で、自分の生き方を見直している女性も多いことだろう。

コロナ離婚の時代の幕開けだ。

鈴木康之

俳句的生活

俳句的生活

このほど句集『いのちの養い』を上梓しました。故金子兜太師と同門の石寒太氏が兜太師のこんなことばを紹介しています。「俳句は、専門的にはほんの一部の天才がつくるもの。あとは大衆が楽しんでつくれば、それでいい」。その通り、帰郷後の主として私の生活記録をまとめたものです。そこで本気で俳句に取り組む節目になったいくつかの句を「自句自解」してみました。

うなりつつ逆返りたり基地の凧

昭和二十九年、一浪後京都大学法学部に合格、はじめて生まれ故郷・宮崎をあとにした。当時、教養課程の最初の一年間は宇治市にあった「宇治分校」で学び、二年生から京都の「吉田分校」に移ることになっていた。

私はその間、阪急電車の塚口駅に近く、伊丹市在住の兄夫婦宅に一年余寄宿、通学した。兄寛之（俳号・哲哉）は嫂の和子（俳号・加寿子）共々日野草城主宰の「青玄」の会員で、私はそこで俳句の手ほどきを受け、掲句は記念すべき初めての私の入選句である（昭和三十年・「青玄」六十五号）。

その頃、伊丹空港は未だ米占領軍の接収下にあった。接収解除は昭和三十三年のことで、「大阪国際空港」として再開港している。同号所載の兄夫婦の入選句である。

一家長たり門札に初日射す　哲哉
ひびの手や飯移しとる湯気の中　和子

（休俳）

京都に下宿した学生時代、当時流行りの学生運動もやり、国家公務員と民間会社員の選択では会社員を選択、旭化成に入社。日常の業務に追われてほとんど作句することはなかった。では俳句とは無縁だったかというとそうでもない。兄はその間「青玄」を送ってくれたり、ときに会うと自作を自慢して「オイ、お前どう思うか」と紙に書いて渡してくれたりした。

兄は昭和五十八年、五十五歳で急逝した。惜しまれてならない。昭和六十年、二十七年間勤務した延岡・日向地区を離れ、東京本社の化学品事業部長時代、トップセールスで東奔西走していた時の私の訓示が残っている。「仕事のことを朝から晩まで考えろ。俳句は鑑賞するのはよい」。

冬の査定一人ひとりの瞳あり

昭和六十三年、バブルとその崩壊があって関係会社の旭サカイ（東京・現旭化成テクノプラス株式会社）の再建のため、社長職で出向した。この会社は、樹脂原料とその製品販売、織維製品も扱っていた。やることはいわゆるリストラだったが、親会社の支援と従業員の協力によって何とか立ち直り、今でも感謝のほかはない。

出向当時給与水準は低く、赤字経営で毎年の夏冬二回のボーナスが僅かしか払えず、会社を自ら去っていく者もいた。中小企業の習いである。幸い会社は数年を経ず黒転、なんとか普通のボーナスを払うことができるようになった。ボーナスには一定の範囲で「査定」がある。百人そこそこの従業員とは日頃身近に接しており、切なく思うこともあった。

長年の休俳を破った突然の発句は、兄哲哉の遺句集『時をなだめて』が死後七年を経て、句友同志の方々により発刊されたことがショックだったからのように思う。平成四年作。

山つつじ腹でたる人の遍路かな

再建に赴いた二つ目の子会社・新日本化学（東京）は、マグネシアクリンカーとお塩を製造、販売する会社であった。この時期お塩の業界は七社が競合、当社の販売エリアは東日本一帯と北海道で、相変わらず社長の仕事は、リストラとトップセールス、ほぼ『おくのほそ道』をなぞったものだった。当時業界はお塩の自由化を控えて、なかんずく中国塩の輸入対策に大童であった。一応のメドが立った段階で退任を決意、帰郷することにした。

高松に最後の出張があり、その折、新婚旅行で立ち寄った屋島を訪ねてみた。そこで「腹でたる」お遍路に出会った。屋島寺は八十四番目の札所で、あといくつも残っていない。すーっと句が出てきた。而《しこう》して長い休俳を意識して解くことになった。平成十一年作。

衣川芭蕉が名句なぞりけり
どの火かが山猫のはず賢治が夏
五合庵燕三条梅雨景色

お得意先への退任挨拶廻りで、おくのほそ道を辿った。東北各県にはお塩の元売りさんが必ず一軒はある。商談後、一杯飲んで懐メロを唄うのが常だった。

一句目は岩手県・中尊寺に立ち寄った時の句。「夏草や兵どもが夢の跡　芭蕉」

二句目。花巻市にある宮沢賢治記念館には賢治のいとこにあたる元売りの宮沢啓祐氏に、再三案内していただいた。山猫は童話「どんぐりと山猫」から。

三句目。良寛が晩年結んだ五合庵は、新潟県燕市の国上寺境内にある。上越新幹線三条駅で下車して、いつもお得意さんに時間をとられ、訪れることができなかった。平成十一年作。

特攻の青春に畏怖航空祭
芙蓉咲く両手で触れる特攻碑

一句目。母の里の新富町にある新田原飛行場は、昭和十五年陸軍航空隊の基地として建設された。今は航空自衛隊の基地となっている。例年末、航空祭が開催され、よく足を運んでいる。ブルーインパルスの展示、飛行が目玉。開戦時、当基地から落下傘部隊（空の神兵）がパレンバン（スマトラ島の油田地帯）に出撃した。

二句目。宮崎空港（赤江飛行場）は昭和十八年、海軍航空隊の基地として建設され、特攻隊の拠点であった。私は国民学校三年生であったが、飛行場建設に動員され、バケツリレーで礎石を運んだ。宮崎市への米軍の空襲は主として当基地を目標としていた。現空港脇に特攻隊員約八百名の鎮魂碑と複数の掩体壕が遺されている。平成十二年作。

餅拾ふ貌にメンコの昔在り
氷河溶け縄文海進住むは蛸
建て替へし生家が墓標新茶汲む

丸山町の築七十年の生家の建て替えは平成十二年五月完成し、親交のある友人や昔馴染みのご近所様を招き、ささやかな祝い事をやった。上棟式では餅まきをしたが、もう老境下の竹馬の先輩らが来てくれた。メンコは昔「パッチンコ」と言っていた。

二句目。「人類の危機」とサブタイトルのつく『成長の限界』(ローマ・クラブ著)は日本では昭和四十七年に出版されている。地球温暖化は今や否定すべくもない。そうなると、氷河が溶け、海進が進むと、我が家は蛸の住家となるは必定。

三句目の句は、祝の席では「墓標」を「坐せり」としたが、句集では原句に戻した。

鳥渡るアラビア文字の不思議さよ

私が句会なるものにはじめて出席したのは、平成十三年十一月、高城町(現都城市)・観音池総合公園で開かれた宮崎現代俳句協会の吟行会であった。その席で接触のあった宮崎俳句研究会(俳誌「流域」代表・福富建男)のメンバーから同研究会への入会を強く勧められた。掲句は同研究会の忘年句会に出席した時の句である。思いもかけずかなり高い得点があった。

アラビア文字は右から左に書かれ、イスラムとともに非アラブ圏にも拡大し、アラビア語のほかペルシャ語などの表記に用いられる(『広辞苑』)。アメリカによるアフガニスタン空爆と渡り鳥が重なり、アラビア文字をイメージしたのだと思う。なお、同年十一月には、大分で開かれた第三回現代俳句九州地区大会で金子兜太師に初めて面識を得た。

句碑建つて鯨乗り来し兄と逢ふ

平成十七年夏、青島亜熱帯植物園（現ボタニックガーデン青島）内に、金子兜太師の句碑「ここ青島鯨吹く潮われに及ぶ」が建ち、私は除幕式の司会を仰せつかったので感慨一入であった。この時、記念句会など有志による句会が四回開かれ、思いもよらず、うち三回兜太師特選を頂戴した。掲句はその時の一句。

青島には子どものころ、七つ違いの亡兄哲哉に連れられ、汗臭い軽便に乗ってよく海水浴に来た。平成十七年宮崎交通鉄道部発行の資料によると、地元有志らによって明治四十四年、宮崎軽便鉄道株式会社が設立され、大正二年内海～赤江間が開業。その後、昭和十四年子供の国の開園を経て、現宮崎交通の鉄道部となり、昭和三十八年国鉄日南線に生まれ変わった。

私は私淑した金子兜太師の俳句だけでなく、師の凄まじい生き様に圧倒されました。また、この人ほど、おらが産土・秩父をこよなく愛した人を知りません。座右の銘は「荒凡夫」とのことですが、愛妻家でした。

生き様を教へし兜太秩父紅

「秩父紅」は、兜太師の生まれ故郷の秩父地方にしか生息しないといわれる福寿草のことです。

髙木眞弓

韓国のおじいさん
やさしさに包まれて
珈琲の香り

韓国のおじいさん

先日、テレビを見ていたら、七十代、八十代の韓国のおじいさん達四人が海外を旅するという番組があった。出演者は韓国では、有名な俳優さん達だ。そんな彼らがポロシャツに半ズボンのサンダル履きで、バスに乗ったり、地下鉄に乗ったりして旅行をする。宿泊するホテルもビジネス風の狭い部屋で、荷物もやっと置けるくらい。年寄り四人、好き勝手もする。観光するのが好きな人もいれば、足も悪く、あまり歩くのが好きではない人もいる。彼らのサポート役に私の好きなイ・ソジンがつく。以前、韓国歴史ドラマで朝鮮二十二代国王である正祖の役をした人だ。日本でも人気の俳優さんだと思う。英語が堪能だ。

しかし、人気の俳優だからと言っても、お年寄りには絶対服従で荷物持ちから、レンタカーの予約、運転、観光地への引率、ホテルの予約など何でもしなければならない。フランスやスイスにいるのに韓国料理が食べたいというので、探して案内しなければならない。ホテルに帰ってからもあれこれわがままを言う。テレビを見ながら観光ができ、五人の珍道中がみられて楽しい番組だった。

しかし、見ていて思ったのは年寄りだと侮れないことだ。流暢な英語で話す。ものおじしない。中には英語が話せなくて韓国語オンリーの人もいたが、堂々と韓国語を話すので、相手に気持ちが伝わるから不思議だ。

私も海外旅行をしたことがあるが、英語など全く使えないので本当に困った。食事を頼むのも大変。バスにも地下鉄にも乗れない。どれに乗ればいいのかわからないし、乗っても今度はどこで降りればいいのかわからない。言葉が通じないということは本当に不便だった。英語を話せるなんて尊敬してしまう。

韓国のおじいさん達は、ほんとにすごい。果たして日本のおじいさん達は……？

やさしさに包まれて

子どもの頃のことを思い出す時、いつも口ずさんでしまう曲がある。ユーミンの「やさしさに包まれたなら」。

小さい頃は神様がいて
不思議に夢をかなえてくれた
優しい気持ちで目覚めた朝は
大人になっても奇跡は起こるよ

小学生の頃、二間続きの貸家に住んでいた。
それぞれの部屋の、片方に土間の玄関があり、壁を隔てて同じ土間の台所があった。台所には「すのこ」が敷いてあり、部屋からそのまま降りられる。台所には冷蔵庫があったが、今のものとは全く別物で、二段になった扉付きの箱の上段に大きい氷の塊を入れる。それで下の段が冷えるという代物だ。現在のクーラーボックスのようなものだと思う。氷屋さんが大きな氷を届けてくれる。暑い季節の車の中には涼しげな氷の山ができていた。その大きな氷が届くのが楽しみだった。

勝手口を出ると井戸があり、その横にポンプがあった。セメントで作られた洗面台があり、冬の寒い朝は、母が洗面器にお湯を入れてくれた。もちろん風呂もなく、下の妹を乳母車に乗せみんなで近くの銭湯に行った。子ども三人を連れての母の入浴は大変だったと思う。時々帰りに笹船の折に入った「たこ焼き」を買う。みんなでフーフー言いながら食べたたこ焼きがおいしかったことを忘れない。

家の南側に田んぼがあり、田んぼの向こうには竹林があった。夏になると蚊帳で囲った中に布団を敷く。みんなで布団に寝転がって竹林の方を見ると蛍が飛んでいた。数えきれないほどの蛍の群れの幻想的な光景。今、エアコンの利いたベッドに横になっても蛍の姿は見られない。蚊帳の中から見たあの無数の蛍は、どこに行ってしまったのだろう。山の方へ行けばまだ見られるのだろうか。もう一度見てみたいものだ。

ある時、大型台風が来た。家は床下浸水して被害も大変だったのに、私の記憶にある台風の思い出はなぜか楽しい。台風が去った後の田んぼに、鯉などのたくさんの魚がどこからか流れ着いた。水の引いた田んぼの中でパシャパシャ暴れている魚を、大人も子どもも泥んこになってつかみ取りした。だからあの時の台風を思い出すと、つい楽しくて笑ってしまう。

私の父は外国航路の船員だったので、家には時々しか帰らなかった。その代わりお土産は国内のものと違っていた。今は厳しい検疫だが、昔はそれほどではなかったのだろうか。我が家に飾ってある絵画のような絨毯。木彫りの変わった置物。孫が喜んで遊ぶマトリョーシカ。何十年も経った今でも私達の身近に生きている。

動物も連れて帰った。インコ、猿などだ。猿はニホンザルと違って、外国の猿だからか、心なしかちょっと洋風の顔立ちだったような気がする。「チーター」と「モン」の二匹を小屋の中で養っていたが、ある時、「モン」が逃げ出して家のそばの芋畑に入ってしまった。葉が茂った広い芋畑の中で猿の姿が見え隠れする。畑を走り回ってさぞ楽しいのだろう。しかし、我が家では慣れている猿でも知らない人に被害が出ては大変と、家族みんなで捕獲作戦。鬼ごっこを楽しむ猿を相手に何度も失敗したが、何とか捕獲して家に連れ帰った。猿は、何事もなかったように小屋の中で餌を食べている。人騒がせだが、私達には慣れていてとてもかわいい猿だった。

インコもきれいだった。オウムくらいのちょっと大きめで、南国風のカラフルな容姿は当時珍しく、近所の人が良く見に来ていた。

レギュラーコーヒーやキスチョコなども美味しいお土産だった。バナナの思い出もある。今でこそ安くていつでも食べられるが、私の子どもの頃のバナナはまだ珍しく貴重な果物だった。父が帰ってくるとたくさんのバナナが届いた。それを天井にロープを引っ張り洗濯物のように吊るしていた。青いバナナがだんだん黄色くなっていく様は見ているだけでも美味しさを感じた。熟れて黄色くなると父が天井から取って私達に食べさせてくれる。バナナは優しい父を思い出させてくれるアイテムのひとつだ。

家族で仲良く暮らし、友達とも楽しく遊んだあの頃。近所のおじさん達は、家にいない父に代わって親代わりをしてくれた。男手がいる時は何でもやってくれた。おかずをたくさん作ったときは、お互いにやり取りし、時には友達の家で食事をすることもあった。懐かしく楽しい子ども時代の思い出だ。

父がよく言っていた「ありがたいことやね」歳を重ねて、今は私もそう思うことが多くなった。人にやさしくされるということはとても幸せなことだ。だから私も人にはできるだけやさしくしたいと思っている。

いつだったか占いの人に、「あなたは多くの人に守られています」と言われた。生きている人であれ、亡くなった人であれ、神様であれ、仏様であれ、私を見守ってくれているらしい。ほとんど信仰心もない私にとって、それが本当ならこの上なくありがたいことだ。人はひとりでは生きていけない。

時々、昔のことを思い出しながら、できれば自分の好きなことをして、おいしいものを食べて、マイペースでのんびり過ごしていけたら幸せだ。そしてこれからも頑張って生きていこうと思う。

カーテンを開いて静かな木漏れ日の
やさしさに包まれたならきっと
目に映るすべてのことは
メッセージ
♪松任谷由実　やさしさに包まれたなら

珈琲の香り

久しぶりに美味しい珈琲を味わう。
私はどちらかというと紅茶党。若い頃は珈琲もよく飲んだが、今は珈琲よりも紅茶を好んで飲む。寒い冬には、温かいミルクティー。暑い夏には炭酸で割ってレモンを浮かべたブラックティー。珈琲を飲むよりも気分が落ち着く。そんな私だけれど、息子が入れてくれた珈琲は格別。

近頃彼は珈琲に凝っていて、ハンドドリップ用のドリッパー、ペーパーフィルター、サーバー、ドリップポット、もちろん豆を挽くミルなどいろいろ揃えた。珈琲豆もネットで調べて取り寄せたらしい。

息子がやって来た。珈琲を入れるための一揃いが入った箱を開けただけでいい香りがした。ミルを出し、珈琲豆を挽き始める。珈琲の香りが部屋中に立ち込めた。お湯を沸かし、深入り豆だから、温度はこれくらいがいいと言いながら、ドリップしていく。いつもは珈琲、紅茶をマグカップで飲む私達夫婦だけれど、今日はとっておきのお気に入りの珈琲カップに入れてもらう。三人分の珈琲をきれいに注ぎ分けていく。

一口味わう。美味しい。親子三人スローな気分で珈琲を飲む。会話もつい弾む。横では珈琲の味をまだ知らない孫が遊んでいる。ついこの前まで、息子だって珈琲の味はわからないだろうと思っていたのに、成長したものだ。

息子からこんなに美味しい珈琲を入れてもらうなんて幸せ。ありがとう。

紅茶党の私だけれど、時々は珈琲の出前出張をよろしく。待っています。

谷口二郎

白　熊

二、三年前の夏、東京から友人が遊びに来た。東京の人にとって宮崎の暑さは特別らしく、肌を針で刺されるような感じがするという。飛行場に降りてすぐ冷たいものが食べたいというので、「白熊食べに行こうか？」と言った。すると「え〜、宮崎の人は白熊を食べるの？　僕食べたことないけど、どんな味がするの？　今までカンガルー、ワニ、カエル、ヘビ、熊、カメとか食べたことあるけど白熊は初めてだなぁ。淡泊な味なのかな？　それとも地鶏みたいにジューシーな味がするのだろうか、楽しみだね〜」と言う。

早速レストランに入り、白熊を注文した。すると友人は「何これ？　かき氷じゃない！　フルーツの入った……。白熊ってこれなの？　てっきり白熊の肉が出てくると思ったのに……」。

そうか、考えてみたら宮崎ではよく白熊を食べるのに、東京で食べさせる所などないだろう。だから白熊と言ったら北極の氷の上にいる白熊を想像するのも無理はない。二人で大笑いしながら白熊を食べた。

学生の時、お正月に友人と鹿児島に行ったことがある。すると天文館に白熊の発祥のお店があるというのでそこへ行ってみようということになった。外は寒く小雪がちらつくような天気だ。店に入り「こんな寒い時でも白熊はあるんですか？」と尋ねてみると、冬でも白熊はあるという。そこで四人分注文した。出てきたのは宮崎で食べる白熊の倍もあるような大きさである。まずその大きさにびっくり。でも食べてみることにした。

友人三人は半分くらい食べたところで「もう良いよ、体が冷えてきて寒い……。頭がキンキンしてきた」と言う。みんなかき氷を食べると頭がキンキンするというが、私は一度もそんな経験はない。そこで友人の残り三人分も食べた。そこで付いたあだ名が「白熊男」。生来胃袋は丈夫にできているので、白熊くらいでは何ともないのだ。今でもその友人と集まると、必ずこの時の白熊の話が出る。

七月、友人からデパートの食券をプレゼントされた。それはデパートの地下のパフェコーナーで白熊が食べられるというものだ。行こう行こうと思っていたが、七月はなかなか忙しくて行けなかった。八月になっても忙しさは続き、行けそうもない。そこでとりあえず白熊はいつまでやっているのか電話で尋ねてみた。すると八月いっぱいまでやっているという。そこでようやく先日、家内と子ども達でその店に行ってみた。

イスに座り白熊を注文すると目の前で作ってくれる。まずかき氷をお皿に敷き詰め、その上に小豆、かき氷、コンデンスミルクをたっぷりかけ、グレープフルーツ、キウイ、オレンジ、メロンをスライスしてかき氷に差し込みできあがった。

最近、白熊を食べる機会がなかったので、何年ぶりだろうと目の前に出てきた白熊を食べ始めた。家内は暫くすると「もう頭がキンキンして食べられないわ」とギブアップしたのでそれをもらうことにした。残りをあっという間に平らげると家内は驚いた様子で、「あなたよく食べられるわね、そんな冷たいのをたくさん食べて大丈夫?」そのセリフはまさに学生時代に友人から聞いた言葉と全く同じだった。

友人の粋なはからいで、久しぶりに白熊を食べることができた。友人に感謝、感謝である。また食べに行きたい。

老いという階段

人間誰でも老化していく。どんな人間でもだ。あのイチロー選手でさえ、四十歳になって充分な活躍ができず引退した。カズ選手も五十歳になり、試合の出番が少なくなった。いずれも若者より運動能力が低下してきたからである。どんな有名な選手だっていずれ引退の時が来るのだ。

我々も知らないうちに老化している。その時は気付かないが、あとから考えるとそれが老化の始まりだったということに気付く。

例えばスーパーに行くと買物カゴを持ち、必ずカートにそれを載せ買物をしている。これはもちろん荷物が重くなるから利用するということもあるが、それを押すことでバランスがよくなり歩行が安定するのである。よく道ですれ違う年配の女性が、小さなカゴの付いたカートを押しているが、あれと同じように歩くのが楽なのである。

スーパーの会計の時に必ずお札を出す。小銭があっても必ずそうしている。それは財布の中の小銭を数えるのが面倒だからである。お札だと必ずお釣りをくれるので、わざわざ数える手間が省ける。

最近ペットボトルが開けにくくなった。数年前にスーパーのレジでお年寄りが店員に、「ペットボトルの蓋を開けてください」と頼み込んでいた。「ペットボトルの蓋くらい自分で開ければよいのに……」と思っていたが、まさにその気持ちが分かる。どうしても開かない時は、タオルを蓋に巻いて開けると開くので最近はそうしている。

スーパーなどの駐車場で車を停める時、普通はスーパーの出入口になるべく近い所に停めるのが普通だ。しかし私はできるだけ遠くの空いたスペースに停める。それは狭い所に停める自信がないから。遠い所だったら回りに車が駐車していないので安心なのだ。なるべく近くへ停めようとグルグル回っている車を見るが、それを横目に遠い所に停める。それは入口まで歩くのに良い運動にもなる。

洗髪する時にシャンプーとリンスを使うが、リンスをしたかどうか分からなくなり、自信がないのでもう一度リンスをしていることが多い気がする。というのも最近リンスの減り方が思ったよりも早いからだ。

毎日、歩数計をポケットに入れ歩く。そうすると、その日何歩歩いたのか分かるからだ。先日は歩数計と思いポケットに入れ買物を済ませ家に帰ったら、それは車のキーだった。色形がよく似ていて、それに気付かなかったのだ。キーをポケットに入れていくら歩いても、何歩歩いたのか分かるはずがない。

足の爪が上手く切れなくなった。今までは何の問題もなかったのが、最近は特に左足の爪が切れない。体が硬くなっているからだろう。先日はこの辺りかなと切ったらそこは指で、血が噴き出して暫くはバンドエイドを貼っていた。

ヒゲ、鼻毛が今まで以上に早く伸びる。しかもそのほとんどが白い。そのため毎日の髭剃り、鼻毛切りは日課となっている。

新型コロナの統計で、ＴＶの画面に年齢別の表が出てくる。十代から始まり七十代までの表が出る。それを見ていると七十代以上は一括りになっている。それは七十代以上は年齢に関係なく、七十代で区切りをつけているということになる。古稀になるまではそれに気付かなかったが、七十を過ぎるともう老人という一括りにされているのだ。

人間は毎日老いという階段を上っていくのだ。それに気付くのはやはり古稀を過ぎてから。山でいうと今現在七合目まで登ってきたということだろう。頂上を目指しながら、時には下を懐かしく見る。それが人生に大切なことだとようやく今頃気付いた。

朝のルーティン

仕事場に行く時に必ず行うルーティンがあります。服にシューッと香水をスプレーすることです。それは彼女から貰った大事な香水なのです。先日、知人の女性が「良い香りがしますね」と褒めてくれました。「でしょ！　何せ彼女からの心の込もったプレゼントなので良い香りがするんですよ」と答えると「あら、羨ましい！」。

一方、家内はその香りを嗅ぐと「あなたねー、つけ過ぎるといくら良い香りでも嫌われるわよ」と言います。だからこそ一回分しかシューッとしないことにしているのです。

人間不思議なもので、ルーティンをすると心が落ち着き、実力が発揮できるものです。例えばイチロー選手のあの打つまでの動作は必ず決まっています。ラグビーの五郎丸選手も、あの独特のポーズをしてキックしていました。

それが私にとっては出掛ける前の香水のワンプッシュなのです。因みにこの香水は末娘が誕生日プレゼントとして贈ってくれたものです。有難う。大切に少しずつ使っていきます。

戸田淳子

ゆりかごのうた

「そろそろ私たちの近くに住んでほしいのだけど」

息子や娘からの声が出だしたのはかれこれ数年前のこと。

宮崎の冬は暖かく、夏も日射しは強いものの、木陰に入ればそよそよと風が流れ、「宮崎はまるでハワイのようね」と言いながら椰子の葉陰にいるような、快適な暮らしを楽しんでいた。そして何より嬉しいのは、新鮮な野菜や果物が豊富で、しかも値段が安い。

子どもたちに再三促されても、こんな暮らしやすい宮崎を離れる気持ちにはなかなかなれなかったが、二年前に発生したコロナ禍が長引き、私の心境も少しずつ変化した。

さらに自分の歳を考えると、子どもたちが高齢の親のことを心配するのも当然のことに思えて、ようやく転居することに心が定まった。

令和三年一月頃のことである。


バスの窓から眺める霧島連山。

今日はうす紫のもやが掛かって美しい。

高千穂峰からゆるやかに広がる都城盆地。

私はここで生まれ、ここで育った。

子どもたちの住む神奈川県への引っ越しを令和三年六月一日と決め、その前にもう一度生まれ故郷の空気をたっぷり吸っておきたいと思い、五月初旬に宮崎から都城行きのバスに乗った。

父も母もとうに亡くなり、生家はずいぶん前に取り壊されてしまったが、その跡地だけでももう一度胸に刻んでおきたかった。

今日の「ふるさとへの旅」は、生家の家の前の通りをスタートと決めた。

その通りの長さは三百メートルほどしかないが、その島田通りを左に曲がるとお茶屋通りと言って、真っ直ぐに進むと大淀川（宮崎市を流れる大淀川の上流）にぶつかる。その川に架かる橋を子どもの頃は「かぶきばし」と呼んでいた。橋の長さは百メートル以上はあろうか、堂々たる立派な橋である。「かぶきばし」ももう一度見ておきたかった。

今から二年ほど前のことになるが、宮崎日日新聞の読者投稿欄「窓」に、都城在住の方が「歌舞伎橋の完成に心踊る」のタイトルで一文を寄せておられた。

内容は、新しい橋の完成を喜んだ上で「歌舞伎橋の由来は芸能を好んだ島津のお殿様が、ある時の祝宴で歌舞伎役者を伴い橋を渡ったといった説や、橋の下の広い河原で人々が歌舞音曲を楽しんだとの説があります」と書いておられる。

この投稿文を読んだとき、優雅な名前の橋をこの目で確かめたいと思った。

それと、もうひとつ、子どもの頃によく通ったあの「かぶきばし」と同じ橋のことだろうか？という疑問が湧き、その思いは日を経るごとに膨らんで抑え切れなくなった。

都城に「歌舞伎橋？」

早速、都城に住む姪に電話して「新聞に載っている『歌舞伎橋』はお茶屋通りの『かぶきばし』のこと？」と聞いた。

「そうよあの『かぶきばし』よ」と言う。

その電話から数日して姪の車に乗せてもらい、新しく架け替えられた「歌舞伎橋」を見に行った。車の中から見上げたその橋は白い橋桁に黒めの欄干、薩摩藩の「丸に十の字」の黒白の紋を彷彿とさせる。遠目には墨色に見える欄干が湾曲しながら向こう岸に延びている姿は、旧橋の優美さを思い出させた。橋のたもとに車を止めてもらい、姪とふたりでずいぶん長い間この美しい橋を眺めていた。昔のあの木橋がこんな立派な名前の橋だったことに、すごく驚いた。

幼い頃から慣れ親しんでいた「かぶきばし」が美しい名前の「歌舞伎橋」だったと知ると、橋の下を流れる川音さえも何やら優雅な響きに感じられる。

以前ある人が、「仰げば尊し　我が師の恩」を耳で覚えていて、「仰げば尊し　和菓子の恩」だと思っていたと皆を笑わせていたが、人のことなど笑えたものではない。私も同じような子どもだったのだ。

でも二年前のこの日、姪と一緒に新しい「歌舞伎橋」を見上げた時の感激は生涯忘れないだろう。

また十年以上も話が遡るが、都城出身で東京在住の知人から東京で毎年開かれている「在京ふるさと会」に一緒に行こうと誘われた。「この会の発起人は久厚さんで、歴史は古いのよ」と言う。そして「久厚さんは必ず出席されるから会えるわよ」と言った。

久厚さんとは都城島津家二十八代当主島津久厚氏のことであるが、その知人は「久厚さん」と言う。お殿様のことを「さんづけ」で呼んでいいのだろうか?と思うが、彼女は友人のことでも話すように「久厚さんがね～」と言う。

秋の頃だったと思うが、東京九段の或るビルの一室がその「ふるさと会」の会場であった。ぞくぞくと会場に入る人たちは皆一年ぶりに会えた喜びをお国言葉で交わし合い、お互いを称え合う和やかな光景であった。

そうこうするうちに久厚氏が到着されたようで、会場内の参加者から拍手が起こり、長身の紳士がにこやかな顔で入ってこられた。

「ほら、久厚さんよ」と知人が私をつつく。

背筋のぴんと伸びたその紳士は背丈一八〇センチはあろうかと見える。辺りを払うような威風堂々とした姿は八十九歳（後の挨拶で明かされた）とは思えないほどのダンディーぶりであった。

当時は学習院院長をされていると聞いたが、その立ち居振る舞い、お話しぶりが魅力的で、殿様の中の殿様だと思ったのを覚えている。

ところが、発起人としての挨拶を終えるやいなや、参加者の中に分け入り「久しぶりじゃな～、元気じゃっしたか？」「体には気を付けんといかんが」と都城弁丸出しである。久厚氏と参加者が焼酎のグラスを片手に大いに笑い、大いに飲みながらの宴の様子は、まるで町内会の集まりのようなくだけた雰囲気であった。

あれから月日が流れ、久厚氏も他界されて久しい。

あるテレビ番組で歴史家の方が、「薩摩藩には名君あり」といっておられたが、先年のあの「ふるさと会」の一夜の光景を思い出すたびに、この歴史家の言葉に納得する。


一か月あとに引っ越しを控え、このふるさとを遠く離れると、もうこの橋を訪れることはないかもしれないと思って、生家跡からこの「かぶきばし」まで歩いてきた。

一人でゆっくりと橋を歩く。何十年ぶりだろう。

子どもの頃は、信心深い祖母に連れられてこの橋を渡り、お墓に行った。小学校に上がったら列を組んで、橋の先にある島津さんのお城跡に遠足に行った。

今、橋の周りは畑と人家がポツポツと見えるのみで、往時の面影を残すものは橋の名前だけになっている。安土桃山時代に出雲の阿国によって始まった「かぶき踊り」は時を経て男性が演じるようになり、江戸時代には全国に広まり民衆に親しまれたらしい。この由来を知ると、何百年も前に島津のお殿様が歌舞伎役者を従えてこの橋を渡ったという説は本当かもしれない、と思えてくる。

橋の傍らに立ち、目を閉じて往時の殿様行列を想像してみる。

馬の蹄《ひづめ》の音を先頭に、長い行列が向こうのお茶屋通りからゆっくりと進んで来る。馬上にはにこやかな表情のお殿様が周りを見やりながら馬の動きに身を委ね、橋を渡り始めた。

しんがりを務めるのは、美しく着飾った歌舞伎役者だ。慈悲深いお殿様は、馬上から領民に労りの言葉をかけている。行列の後を付いて歩く領民もいたかもしれない。橋を渡りきると、もうお城は目の前だ。

その夜は、お城の庭で歌舞伎の宴が開かれただろう。そしてお殿様はお城に領民を呼び寄せて、共に宴を愉しまれたと思いたい。

お城での宴のようすを想像していたら、先年東京での「ふるさと会」で見た久厚氏の顔と何百年も前の馬上のお殿様の顔が、私の眼裏でひとつになった。

転居を目前に控えて今一度ふるさとの空気をたっぷり吸っておきたいと思って訪れた小旅行だったが、道を歩いていると、ここで暮らした子どものころのあれこれが懐かしく蘇る。

悲しいこともあったはずなのに、それらはもう虹の彼方。

楽しかったことばかりがこの手の中にある。

宮崎への帰り、バスの窓から見える今日の都城盆地は高千穂峰からふわりとレースをかけたような春がすみの中。

それはまるで霧島連山に抱かれたゆりかごのように見える。

だんだんと遠ざかるバスの中で、私を育んでくれた雄大なゆりかごに別れを告げた。

中武　寛

育つ子と逝った人とワクチン

育つ子と逝った人とワクチン

「お祖父《じい》ちゃん、私を護《まも》って！」。小学二年生の孫娘が、テレビを観ている私の横に座り、身を寄せてきた。

「そこに、変なものが飛んでいるでしょ！　また私を襲ってきた！　追っ払ってよ」。数匹の小さい蝿が怖いという。異常気象が原因ではないかと思うくらい、この夏は蝿が多い。間もなく、二つ違いの兄との諍《いさか》いが始まった。彼は、妹を思い切り蹴りつける。

「お兄ちゃんがまた暴力を振るう、お祖父ちゃん何とかして！」。彼女が可哀想になった私は、男の子の両足を持ち上げた。私の行動が、彼の目には依怙贔屓《えこひいき》に映ったのか、暴力は激しさを増した。

「喧嘩はダメ！　仲直りに千円ずつあげるから……」。私の提案によって、和平交渉は成功し、即座に和解が成立した。和解は、最終的には金銭《かね》がものをいう。民事調停委員での経験が、年端もいかない子どもの世界に通用したのである。しかし、子どもの喧嘩を金銭で解決してよい道理はない。

それにしても、彼らを護るべき危険は多い。登・下校時を始め、子ども達を取り巻く環境は危うく、護るべき対象は、数えればきりがない。そのうえ、新型コロナウイルスの感染、という新たな危険が加わった。

その影響もあって、孫たちが訪ねてくることも少なくなり、私もまた、彼らの家を訪れる機会を失った。次第に疎遠になってゆくのが寂しい。

そんななか、「焼肉パーティー」に釣られて、三男家族が帰って来た。その準備に疲労困憊していたところに、事件が起きたのである。やがて、庭の芝生で開いていた焼肉パーティーはお開きになり、彼らは、夕陽を背に、長い影を落として車に乗った。孫娘だけが、見送る私に向かって駆け寄ってきた。なのに、父親に止められ、手を振って再び車中の人となった。

「今ねぇ〜帰る途中なの。お祖父ちゃんにもらった千円札がないのよ、見つかったらママに渡して〜」。孫娘から早口の電話がきた。現金を直接渡したのは、やはり迂闊だった。

「さっき、パパとお祖父ちゃんとの電話を聞いていたら、パパは『バドミントンが上手くない』と言ったけど……親があんなこと言う?! 私だって可能性はあるんだから」。私は返事に窮した。

「この前、ラケットを買ってもらったばかりでしょ。だからぁー、上手くなるわけありませ〜ん……それに、私忙しいの。月曜から金曜までは学校でしょう。宿題もあるし……土曜はスイミング、日曜はバドミントン、と結構忙しいの。お祖父ちゃん家《ち》へ行きたいのだけれど……」。可愛いことをいう。それにしても、小学二年生になってから一気に語彙が増え、言うことが、こましゃくれている。これがイマドキの子どもか、と思えば頼もしくもあり、空恐ろしくもある。

最近、アニメ番組のテレビ視聴率が急速に伸びたのが「鬼滅の刃」。しかも、社会現象になったという。彼らに後れを取ってはならぬ。せめて共通の話題作りに、とテレビを観ていたが、ストーリーも興味が湧かないし、登場人物の関係性に至っては皆目見当も付かない。私には理解不能。

子どもたちは、テレビのアニメ番組や漫画本から言葉を覚え、自然と語彙が豊かになったのであろうか。消化不良のまま「鬼滅の刃」の題名だけを記憶に残して、私のアニメ鑑賞は終わった。

私の誕生日に、ふたりから祝いの電話がきた。改まった用件のときは、何時も他人行儀である。最後に男の子に替わった。「お誕生日おめでとうございます」。間髪を入れず「エラー発生、エラー発生」。音声案内を真似た彼の連呼が聞こえた。続けて「携帯が故障だ」。電話はプツン。彼奴《あいつ》、携帯電話の故障を、通話終了の口実に使ったのではないか？　子どもの悪知恵？に、心配の種がまた増えた。

コロナ禍のなかで一年が過ぎ、彼らはそれぞれ一年進級し、見違えるほど育った。それ以上に、私は老いた。和解成立時の〈祖父と孫〉の写真が、殊更懐かしい。

＊

新型コロナウイルスは、地上に現れてから一年以上が過ぎた。この間、私は親しい友人と別れ、身内も失った。しかも、コロナ禍のため、見舞の面会さえ断念した。葬儀も簡略化され、参列者も限定的となるなど、あまりにも寂しい別れだった。

そんななか、私は「姉」と呼ぶ人を失った。彼女の訃報を知ったのは、告別式当日の新聞広告だった。生花を手に遺影の前に額突《ぬかず》くことができたのは、葬儀三日後。彼女は、自宅の仏壇に置かれた小さな壺の中に収まっていた。齢《よわい》九十を超えたというのに、控えめに微笑んだ写真の顔は、若かったころの面影を偲ぶのに十分だった。

「姉《あね》さま、お見舞いにも行けず、すみませんでした」。合掌した私に向かって「な～んの、気にしてはいませんよ。貴男も年齢《とし》だから無理はないわよ」。写真の彼女は、皮肉を込めて微笑んでいる。そのとき、部屋の空気が、入り口に向かって流れ、私の頭を優しく撫ぜた。

「どうして、もっと早く来てくれなかったのよ」と、いうのだろうか。

「人の命は呆気ないもんだね。朝は、元気にデイサービスに行ったのに、連絡があって駆けつけたときは、もう病院のベッドの上でした。それが、夕方には冷たくなって帰ったのだから……私が先に送ってもらいたかったのに、逆になってしまいましたよ」と、語る夫君の言葉に私は我に返った。

幼少期の私は、丈夫な方ではなかった。健康優良児とはほどとおく、周囲からは腫れ物に触るかのように扱われた。それでも、今なら、多動性障害を疑って、専門医の診察を受けたに違いないくらい活発な子どもだった。特に、高いところから飛び降りる、という無鉄砲さが目についたらしい。向こう見ずの性格が、これを後押ししたのだろう。

小柄な私は、片道小一時間はかかる田舎の学校に入学したものの、通学は苦痛だった。そのうえ、担任教師が厳格な伯母。学校に向かう足を重くしたのは言うまでもない。登校時刻になると「お腹が痛い」とか、「頭も痛い」などと、駄々を捏ねて母を困らせた。

その子の面倒を見てくれたのが、八歳年上の彼女なのだ。彼女は「ユタカちゃん早くして！　学校に遅れるわよ」。有無を言わせず私を背負う。途中まで来ると「さあ行った、行った」。背中から下ろし、私の後を付いてくる。この登校風景が二、三カ月は続いた。

彼女は、一年後に国民学校高等科を卒業した。それ以来、私にとって遠い存在になってしまった。

ところが、縁は続いた。彼女が、私の再従兄《はとこ》と結婚する、という奇縁が待っていたのである。私たちは、親戚になり、再び、姉と呼べる人を身近に得たのに、コロナ禍のなかで、その人は逝った。

＊

人類はいま、新型ウイルスの襲来、という世界大戦にも似た災禍に遭っている。そんななか、オリ・パラ東京大会が十数日後に開幕する。オリンピックには、戦争を原因とした中止の歴史がある。今回の東京大会は、世界的コロナ禍のなかで開かれるという、歴史への果敢な挑戦でもある。決して、禍根を残すようなことがあってはならない。会場に行けない私は、好きな競技種目をテレビの前で静かに応援することにしよう。

新型コロナウイルスは、我々人間を宿主《しゅくしゅ》にするわりには、変異株など未知の部分が多い。そのうえ、治療法を含め、医療環境にも不安が付きまとう。まことに深刻である。

結局、ウイルスに対峙するには、獲得免疫に頼るほかなかろう。正直な話、初めの接種者にはなりたくはない。安全を確かめたうえでの、〈二番手〉を選ぶことに決めた。

もともと、私は小心翼々のところがある。今回のワクチンは、インフルエンザ予防接種と異なり〈m－RNA〉という初めての種類であることを知って、不安は増幅した。将来、ヒトの遺伝子に組み込まれることはないのか、などと疑いは深まる一方だった。

一般の遺伝情報は、DNAによって機能するが、m－RNAは、m（メッセンジャー）の介入によってはじめて機能する。ところが、DNAが二本鎖《さ》（二重螺旋構造）に対して、m－RNAは一本鎖《さ》という、異なる基本構造を持つ。加えて、m－RNAは短期間（数秒から数日以内）で分解され、体内には残らない、との情報に接してやっと覚悟は定まった。

それにしても、電話申込みには苦労した。申込先は地元の市役所だから、誘導は必要ないのに、何故料金を負担してまで、ナビダイヤルか？　その目的が、窓口混乱を避けるため緩衝地帯を設ける、というのであれば解らぬこともない。それでも、釈然としないまま、携帯電話を掛け続けたすえに、七月初旬に第一回接種の予約を取り付け、先日、接種が済んだばかりである。これで、コロナ対策は、一応の備えはできた、と思っていたところに、「デルタ株」という新しい敵が現れた。燎原の火に囲まれるのではないか、又候《またぞろ》、私の臆病風が吹き始めたが、今更後戻りはできない。

仕方がないので、新型コロナウイルスへ、ひとこと言って気を静めることにした。

「あなたには、自己増殖はできない。だから、宿主である人様の細胞が必要なんだろう。だが、我々が集団免疫を持続するまでは静かにしていてくれ。然《さ》もないと、あんた方も滅びるぞ」、と。

中村　薫

そこは夢の国
ニチニチソウ

そこは夢の国

延岡で行われている輪番制の業務のため、特急電車で佐土原から延岡に向かった。

その日は朝から曇っていて、微妙な降水確率だったが雨が降らないことを期待していた。そんな思いと裏腹に途中から雨が降り出し、延岡駅に着いた時には、傘が必要なほどの雨になっていた。

「ついてないなぁ」、と思いながら改札口までは傘をささずに走ったが、駅の出口で立ち止まってしまった。

駅前には二台のタクシーが待機していた。

今日の仕事場のＦホテルまでは、歩いて行くには少し急がねばならない。用心のため持ってきた折りたたみ傘をさして歩いて行こうか、贅沢だけどタクシーに乗ろうか、迷ってしまったのだ。

雨を眺めながら考えたが、結局は一泊の手術入院を昨日退院したばかり、という言い訳を思いついてタクシーを選んだ。

二台のタクシーのうち、左の運転手はそんな私を観察していたらしい。私が手を挙げるとすばやく反応し、ライトを点滅させたかと思うと、タクシー乗り場に車を付けた。

車に体を入れながら
「近くですみません、Ｆホテルまで」と言うと、

「いえいえ、近くでも遠慮せずに使ってください」

私と同年配くらいの、やや小太りの運転手が明るく応えてくれた。助手席の頭もたせの後ろに「趣味は釣り」と自己紹介がある。

タクシーは、近道なのか狭い裏通りを進んでいた。

私は、それほど釣りに詳しいわけではないので、車窓から外の雨を眺めながら、

「最近は天気の移り変わりが激しいですね」と無難な近頃の天気について声をかけた。

「いやぁ、今日はお大師さんのお祭りなんですよ。ここ三日間なんですが、毎年必ず雨が降るんですよ。今日もやっぱり雨でした。でも屋台もでますよ」

今日は延岡の今山大師のお祭りらしい。テレビニュースなどで見聞きしたことはあるが、訪れたことはなかった。

屋台がでる、と言ったので

「街も賑わうんですか?」と問うと、

「最近は商店街がすっかり寂しくなってしまって。昔は賑わっていたんですがねぇ」

と懐かし気に話す。

「子どものころ、商店街は賑わっていましたよね……」と私は答えながら、脳裏には幼い頃の街の光景が広がっていった。

私は小林市で昭和四十（一九六五）年に生まれた。母は自転車に私や兄を乗せ、街に買い物に出かけることがあった。

まだ幼かったこともあり、断片的ではあるが、いくつかの街の光景がしっかり記憶に残っている。現在は撤去されてしまったが、小林市の中央通りには両側の歩道にアーケードがかけられていた。そのアーケードの下を多くの人々が行き交っていた。肉屋の正面にはガラスの小ケースがあり、その上で量りに肉を載せていく肉屋さん。銀行（おそらく宮崎相互銀行小林支店）の待合の椅子に座って見た行内の風景。母が呼ばれて、マスコットキャラクターの貯金箱を貰った窓口。街角の商店で母が店の人と言葉を交わしている光景。

家の周囲と異なる、賑わう街に行くことにわくわくしていたのだと思う。

その後、父の転勤により高鍋町に移り、五歳から十歳まで過ごした。高鍋の街は本町一番街だ。本町一番街にアーケードは無かったが、いつも多くの人が行き来していた。道の両側にひしめく店々、その間を縫うように走る宮交バス。バスには車掌さんが乗っていた。スーパーの店先には商品を載せた陳列台が並んでいた。自転車の前かごや荷台にスーパーの薄茶色の紙のレジ袋や大箱の洗剤を積み、さらにハンドルには四角柱形のチリ紙の白いビニル袋などをぶら下げ、そんな自転車をたくましく押すおばさんたち。街は活気にあふれていた。

一番街での思い出はいろいろある。持っていった小遣いが足りず、結局何も買えずに出てしまった鬼塚書店。ビー玉遊び（ラムネと呼んでいた）で年上の子に負け続けてビー玉を巻き上げられ、手持ちの玉を買い足しに駄菓子屋さんに行った。ビー玉は五十円で百個買えた。その店の名前は思い出せないが、ガラス戸をガラガラ開けた時は悲しかった。黒木はきもの店では祭りの夜に下駄を買ってもらい、ゲゲゲの鬼太郎よろしくカランコロンと歩いた。井上昭文堂では、広い店内を巡ってノートを選んだ。ツルヤレコード店では、仮面ライダーのレコードを父に買ってもらった。そのレコードは今でも持っている。

子ども達だけでも行けた身近な街ではあったが、家とは少し距離があり、街に出る時はど、き、ど、き、していたように思う。

極めつけは歳末、買い物をする両親に付いて行った宮崎市の橘通りだ。いつの歳末かはわからないが、橘百貨店前に設けられた歳末大売り出しの福引き小屋の光景は忘れない。夕暮れ時、人々が行き交うアーケードには多くの電飾が飾られ、きらめいていた。

夢の国だった。

「お客さん、着きましたよ」

突然の運転手の声に驚いて我に返る。慌ててメーターの金額を確認し、運賃を肘置きの後ろの会計盆に置いた。財布をしまって、「ありがとうございました」と私はタクシーを降りた。短い時間だったはずだが、とても長い時間に感じた。まさに夢を見ていたようだった。

間違ってシンデレラの南瓜の馬車に乗ってしまったような、不思議な、その朝の出来事であった。幼い頃のことをこのように思い出すなんて、一泊の手術入院で、自分でも気づかないうちに気弱になっていたのだろうか。

幼い頃に感じた、わくわく・どきどきの高揚感や期待感は何か特別なもので、いつもは心の奥深いところにあり、何かのきっかけで水面に浮かんで来るものなのかもしれない。

私の「夢の国」。これからも大切にしたいものである。

ニチニチソウ

初夏に、花屋の店先でニチニチソウの苗を見つけた。

これまでに知っているニチニチソウには無い、涼し気な青みを帯びた紫色で、和風な朝顔に似た感覚の色合いだった。ラベルをみると品種登録されており、種苗会社も自信を持っている新しい品種らしい。

鉢に寄せ植えして玄関前に置くといいだろうな、とイメージしながら、横に並んでいたピンク色の品種と対で数鉢、買い求めた。

家に戻って蕾を摘み、広めの鉢に植え付けた。一緒に買い求めたヨウシュコバンノキは、ニチニチソウの後ろに配置した。足もとには庭にあるメキシコマンネングサを移して置いた。

我ながらいい感じだな、と思いながら根締めの水をかけた。

しばらくすると株も落ち着き、花が咲き始めた。思った通り、二色の色合いのバランスがいい具合に涼し気で、葉の照りも私のイメージしているニチニチソウよりやわらげであるのもいい。後ろのヨウシュコバンノキの斑入りの丸葉が、涼しさを引き立てている。

咲き続ける花は、長く楽しむために花ガラや鞘を摘む必要がある。いつもは手が回らずそのままにしてしまうのだが、これまでなかった色合いのせいか、今回は気が付いた時には花ガラを摘んでいるのだ。


そんなある日のこと。

出かける時、これまで「花を植えたのね」程度の反応しか見せていなかった妻に、

「玄関の寄せ植えいいやろう?」と問うと、

「うん、いいがね。前から思っちょたっちゃけど、あんたはこんな花の植え付けとかセンスがいいよね。いつも奇麗に植え付けるわぁ」と嬉しいことを言ってくれる。

へぇ、そんなことを思っていたのか、と内心まんざらでもなく思っていると、

「じゃけど服のセンスは全然ないがね、なんでじゃろうかね」と続ける。

持ち上げられたあとに谷底に突き落とされ、途端にがっくりきてしまった。悔しいが、本

当のことなので反論はできないのだ。だから、洋服は絶対一人では買わない。なんでじゃろうかね、といわれても教えてほしいくらいである。

そんなこんなで、梅雨も明け、我が家にも本格的な夏がいよいよやってきた。褒められたニチニチソウで、少しでも涼しく夏を越したいものである。

星の王子さま
みんなでエール

中村恵子

星の王子さま

ここ数日、ずっと気になっている一冊の本がある。それは『星の王子さま』だ。

十月に入って、コロナ感染拡大防止の関係でしばらく休んでいた英語レッスンが、再開した。新しい教材は、『星の王子さま』について書かれた短い英文である。その英文を声に出して音読するのだ。

教材というと紙を想像するが、今どきの教材は先生のスマホからデータが送信されて、自分はスマホの小さな画面をみながらそれを音読する。日本人の苦手な摩擦音やｒとｌの発音の違いなどを克服するために、先生が取り入れたやり方なのだ。私はどちらかというと、英文を訳して、そこに何が書かれているのだろうかと、訳の方に気をとられて、発音の方は一向に上達しない。

その日の教材のタイトルはThe Most Beloved Princeだった。「最も愛された王子様のことが書いてあります。何のことかわかりますか」と聞かれて、きょとんとしてしまった。「星の王子さまのことですよ」と言われた途端、本の表紙が頭に浮かんできた。「英語の原題は『リトルプリンス』なんですよ」と先生の説明は続いていたが、私は、その本は本棚のどこに置いてしまったのだろうということだけが気になった。すぐにも探したい気持ちだった。『星の王子さま』はフランス人の飛行士・作家であるサン・テグジュペリの小説だ。彼の代表作であり、一九四三年にアメリカで出版された。初版以来、二百以上の国と地域の言葉に翻訳され、世界中で総販売部数が二億五千万冊を超えているということだ。

その日のレッスン以降、『星の王子さま』が頭から離れずにいた。本を探しながらも、本の文字より映像が浮かんでくるのが不思議でたまらなかった。金髪の可愛い男の子と帽子の中に何かいたような、あれはなんだったんだろう。さらに砂漠にいる王子さまの姿、小さな星に咲く花などが断片的に思い出された。どうしても気になったので調べてみると、『星の王子さま』は一九七四年に映画化されているということがわかった。私が就職して間もないころで、映画を観た記憶はすっかり消え去っている。英語レッスンのおかげで、この映画の内容が少しずつ思い出されてくる。インターネットで検索すると、『星の王子さま』の映画の映像が何本もあるではないか。懐かしさでしばらく見入ってしまった。

二十代に観た映画の感動は、どうだったかと言えば、たぶん内容をあまり理解できていなかったのだろう。すっかり忘れていたのだから。

星の王子さまから六十歳を超した私への贈り物だと思って、もう一度、本をじっくり丁寧に読み返してみよう。

今夜は夜空の星が一層明るさを増して輝いてみえた。

みんなでエール

毎週、日曜日には必ず夕飯の後片付けを済ませると、急いでテレビの前に座る。楽しみにしているドラマが始まるからだ。

その日は、ドラマの開始数分前に、朝ドラの主題歌「星影のエール」が数枚の写真と共に流れた。毎朝、聞きなれたメロディーの心地よさと共に、宮崎バージョンの高千穂峡や生駒高原などの観光地の映像が次々に映し出された。見慣れた景色でも、やっぱり宮崎はいい所だなと改めて感心した。

ひょっとこ踊りの軽妙な映像が全体に大きく映し出される。たくさんの人で賑わっている。その様子とひょっとこ踊りのリズムにもうまく乗っている。私はその画面には特に強く引き寄せられた。マスクなどしていない人たちが大勢集まって踊りを見ている。コロナ禍の今では信じられないくらいの情景だ。つい、この前までは当たり前の光景だったのにと、懐かしさも感じる。その映像の間に家族や友人と撮った写真が数秒間、ワンショットずつ映しだされる。

その中の一枚に、どこか見覚えのある、青い色が目に飛び込んできた。すぐに私たちの家族写真だとわかった。数年前、日南のサンメッセ日南に行ったときのものだ。その写真が無断で使われるはずはないのだが、「なんで?」と少し疑問に思った。

一緒に観ていた娘が電話していた。娘は弟が投稿したと察しがついたのだろう。電話を切ると、「やっぱり、ケイスケの投稿だった」。娘によると、息子は朝ドラ「エール」は最終回を迎えていたので、その写真はもう放送はされないものと諦めていたらしい。宮崎バージョンだからこの部分は東京では放送されてなく、息子は「そっか、宮崎で放送されてよかった」とえらく喜んでいたという。

その写真には、息子が家族にしたい人だといって、初めて我が家に連れて帰省したトモコさんが映っていた。私も夫も、娘も緊張して玄関先で息子たちを待った。玄関先に現れたトモコさんの顔ははにかんでいる。私たちは彼女を家族のように迎える。久しぶりに家族が帰省したかのような気持ちだった。私たちは「お帰りなさい」と自然にトモコさんを歓迎した。彼女もすぐに家族に打ち解けたのだった。

翌日、私たちはトモコさんを連れて、宮崎の観光地を巡った。息子たちの希望のひとつにサンメッセ日南があった。サンメッセ日南は息子が小さいころに親子遠足で行った場所だ。二十年近くも前のことだ。ただただ広い原っぱにモアイ像が立っている。ほんとはいろいろ遊具があったのだが、モアイ像だけが印象に残っている。その頃より、ずいぶんと整備されていて日南サンメッセは県外だけでなく、海外の観光客も訪れる有名な観光地になっていた。

私たちはスケールの大きなモアイ像の前で何枚も写真を撮った。その場所から丘を登っていくと、「空飛ぶブランコ」があった。海と空とモアイに吸い込まれる空飛ぶブランコと掲示してある。私も数十年ぶりに思い切りブランコを漕ぐ。掲示の通り、太平洋に飛び出していきそうな勢いと爽快感を味わう。久しぶりに声を出してはしゃいだ気がした。

丘をさらに上り詰めると七色の「ヴォワイアン像」が待ち構えている。レインボーカラーに身を包み、七体ともメガネをかけている男性像だ。物静かに海を眺めているようにみえる。このヴォワイアン像の間に四人それぞれが座った。私たちは大はしゃぎしながら、交替で写真を撮っていたのだが、それを見ていた観光客のグループのひとりが「全員一緒のところを撮りましょうか」と声をかけてくれた。その一言のおかげで、ヴォワイアン像と一緒の家族写真が撮れたのだ。テレビに映った青色はこのヴォワイアン像の一体の色なのだ。

録画した星影のエール宮崎バージョンを見ながら、私はひとり、思い出にふけっている。息子はいい人と出会えてよかったと心から安心している。息子が大阪で十年ほどお笑い芸人をやっていた時に出会ったという。

これから先、息子の大阪での苦労話は、おいおい聞けるだろう。

息子がテレビに写真を投稿してくれたおかげで、私は家族が増えた喜びを再び思い出している。

そして、あの家族写真を撮ってくれた見知らぬ観光客も、星影のエール宮崎バージョンを見ただろうか。

中村　浩

ある夫婦の物語

ある夫婦の物語

「マサコでーす。奥さんが亡くなられたんだそーですネ。なんにも知らんで……。去年お伺いしたときには、お元気だったのに……。お病気だったんですか……」

受話器は耳にあてていたが、一気にたたみかけるように話しかけてくる相手が、どこの誰だか判らなかった。

「……、えーっと、どちらのマサコさんですか……」と返したことばに、

「判らんと？　去年もお伺いしたマサコでーす……」

とび上がるような声で返してくる相手の女性の馴《な》れ馴《な》れしい、それでいて私への親しみをもった話し方に多少困惑しつつ、受話器を握りながら返事を留《とど》めた。

「判らんと？……呆《ぼ》けたんじゃないでしょ！　ワラビノのマサコでーす！」と最後はたたきつけるように、彼女の旧姓を伝えた。

ワラビノ（蕨野）マサコ（政子）と、旧姓とともに、マサコの黒の制服姿がうかんできた。胸もとに紅いネクタイと白い長袖の上衣で、そして黒の短衣《チョッキ》と黒いスカート、少し盛り上がった両胸の下に、大きめの活字で「蕨野」と白地に黒で氏名が彫《ほ》ってあった。

そのマサコは、ロビー係だった。都城出身で客への応対も良く、何より機敏な応対ぶりが高く評価されていたが、その彼女が、私の「部長再教育」の第一号になった。

ある主任が内々の報告だと言ってきたのは、〝マサコが宿泊客の男性と、居酒屋で同席していた〟というものだった。

私は男女社員に、如何なる理由であれ宿泊客からの夕食などの供応には、丁寧に、厳としてお断りをすることを、社員教育の第一歩として教育していた。特に女子社員は、男性からの供応について、理由の如何を問わず、丁重にお断りすること、と具体例をあげて繰り返し申し渡していた。

面談室に呼ばれたマサコは、悪びれることなく事実を認めた。

「毎月来泊される方で、その夜もお客は少し飲酒されたが〝私〟は飲まなかった。そして夜の八時頃には独身寮まで送ってもらった」と包みかくさず、淡々と報告した。

私は〝男というものは……、二度三度と慣れるにしたがって……、具体的に例を挙げつつ、ともあれお客様にご馳走に預かることはまかりならぬ〟と強く念を押すように説教をした。最初は顔を伏せていたが、私の説教の終わりを予感したのか、伏せていた顔をやおらあげ、「だって美味しかったですよ、あのお店有名です。こんどは部長が連れていってくださいよ、部長とならいいんでしょ……」

と反撃し、私を狼狽させた。

時は移り、彼女たちは次々と結婚退社し、次の人生を選んでいった。

マサコは退職後「美容師」の道を選び、ある大手の運送会社の男性と結婚し、市内で美容室を経営していることは風の便りに聞いていた。

＊

私の家内、故艶子とは昭和三十四（一九五九）年三月三十日大阪豊中神社で結婚式を挙げた。時の皇太子継宮と美智子様はその前年婚約され、私の挙式の十日後、四月十日に結婚されることが発表されていた。昭和天皇の長男であり、次の天皇になられる方で、私の一学年下。私の結婚に社長、専務が早過ぎると反対し、三十歳まで結婚を延ばすよう説得された時、私は一学年下の皇太子でも結婚されるではないかと反撥した。そして会社はその年の一月、正月松の内の発令で私を東京支店に転勤させた。如何にも社長方針に従わぬことへの懲罰的発令と私は受け取った。

ともあれ、発令通り上京した私は、東京には独身寮もなく、夫人がお産のため実家に戻っておられた東京支店の中村課長宅に居候した。私が先に帰宅し、遅く帰る課長の夕食をつくる生活をしながら、東京支店での生活が始まった。この中村課長が私の転任の事情、会社側の結婚への態度などに大きな理解を示し、住宅公団に近い知人を通じて公団アパートに入居応募してくれ、近くの久米川団地の一戸を確保できたのは、まことに住宅難の折柄幸運であった。

時を同じくして三月に入ってすぐ、大阪本社の社長秘書から電話で連絡があった。

「中村さんの挙式は三月三十日午前十時から、場所は豊中神社で、式服などは社長宅に用意しておきます。艶子さんには別途連絡しておきますので、あなたからは連絡の必要はありません」

この社長秘書からの連絡があるまで、社長ご本人ほか誰からも一切の連絡はなかった。

中村課長は三月三十日挙式後、新婚旅行を兼ねて宮崎に帰省することを助言され、母にもその旨手紙で知らせた。

母と叔父が三月三十日の挙式日に合わせて上阪することになり、私はその前夜、夜行列車で下阪し二人と大阪時代の長浜課長宅で落ち合った。課長宅では早朝に着く私のため、朝風呂を用意してくれていた。

母と叔父を伴い、豊中の社長宅に参上し、用意されていた式服に着替えた。そして媒酌人は郷土出身の先の大阪市長中馬馨氏（故人）だと聞いた。私は未だご挨拶もしてなく、その日初めてお会いする方だった。

用意されていた結婚式は、無事三々九度の杯も交わし、初めて仲人中馬氏にもご挨拶をした。式後、両家のお茶会の途中、ひとりのご老人が両家の参加者に弁当を差し入れられ、後日社長夫人のお父上だと聞いた。

あれだけまだ早いと反対し、私を東京にまでとばしながらと思っていた私は、手際よく、コンベアーの上に乗っているような流れのなかに身を任せていた。佐藤社長は式の初めから中馬ご夫妻の介添役で、式の終了後、その仲人夫妻と車で帰られた。

＊

私が就職試験で大阪に面接にきた時、その会社の受付にいた女性が艶子だった。それが、昭和三十年十二月。翌三十一年三月、私が入社してから今日まで満六十年、君は私と人生を歩んできた。大阪で私が入社して独身時代が三年、結婚して東京で三年、名古屋へ転じてからまた三年、転勤の度毎《たびごと》、私はひとりで次の任地に飛ばざるを得ない事情になり、宮崎への転勤の際など、君はひとりで日通に頼んで家具を運び、子どもを連れて宮崎へ来た。総務課から〝ご家族が昨日社宅に着いておられます〟との連絡で、手のあいた昼過ぎ社宅に行くと、玄関のドアの向こうから赤ん坊が這い這いをして出てきた時、吃驚したのが次男で、私はその時、次男とは初対面だった。男の私が何もしないので、二人の男の子を連れて宮崎へ来たのが君だった。その頃、大淀河畔に新築開業したホテルに百余名の従業員と調理師を抱えて昼も夜もない地獄の毎日だった。東京第一ホテルからの五名のホテルマンたちの応援を得ていたものの、従業員同士の紛争、お客との諍《いさか》いなど、慣れない仕事に夜昼の区別もなかった。

ホテルフェニックスの運営もどうにか軌道に乗ってきた昭和四十四年、社長佐藤棟良は宮崎市北部の住吉神社社有地の開発に着手した。ホテル二百室、ゴルフ場に動物園のレジャーランドの開発だった。八百名の従業員の採用とその教育訓練がまたもや私の担当となり、完成後その運営をも担当することとなり、市内の花ヶ島に居を構えていた私たちは特に社員の出入りが多くなり、君は夜昼その応対に苦労した。

二人の男の子の子育て中に、競馬場の周囲で次男の迷い子事件で肝を冷やし、社員の結婚相談や、媒酌人依頼に翻弄《ほんろう》され、大晦日の夜中、食堂主任が女子社員を引き連れて深夜訪れてきて、紅白歌合戦に一時まで交《つ》き合い、正月用につくった家族のおせち料理をみんなで夜中に食べ、その年の三が日、家族はお餅しかなかったことなど君の思い出は尽きない。

時は移りいつしか昭和から平成の時代を私たちも迎えていた。

二人の子どもも大学を終えて就職し、君も友人たちとの旅行を楽しもうという頃、平成七年十二月の夜、呼吸困難と胸痛を訴え苦しみ、救急車を呼ぶまもなく長男の車で市郡医師会病院に急行した。その夜の担当医比嘉先生の勧めで、翌八年三月、熊本中央病院に転院。坂本先生の執刀で心臓バイパス手術を受けた。開胸のうえ、詰まっている血管に体内の血管を繋《つな》ぎ、小さな血管は脚部から採取したものを移設するという長時間の手術に耐えて、手術室から担架で出てきた君は、死人のような白面の顔相だった。

四月に退院した君は順調に回復し、以後、何の心配も要りませんとの坂本先生の告知どおり健康そのもので、友人たちとの九州内温泉旅行や、ハワイ旅行のほか外国旅行も数度に及んだ。長男の子ども二人も、自分の子どものように育て、大学も卒業させて次は曾孫の誕生を楽しみにしていた昨年、令和二年夏、またもや胸痛と呼吸困難を訴え救急車を呼んで市郡医師会病院へ深夜入院した。

胸痛と呼吸困難は胸水のためで、その胸水からガン細胞が出ていること、内臓検査するもガンはなく、「発生場所不明ガン」と主治医に告げられ、最後は腹膜であろうと、しかし精密な撮影検査でもその発生場所は不明だった。昨今のコロナ禍のなか、種々の検査後、君は家族、友人と会えない入院生活は拒否し、自宅療養を選び在宅医の出張診察を望んだ。

令和二年十二月二十八日午後七時、君は家族全員に体をさすられながら天国に旅立っていった。

故中村艶子《つやこ》、満八十四歳、夫中村浩《ひろし》八十九歳。合掌。

野田一穂

アリババ問答

アリババ問答

「もうすぐおきみ橋だね」

一家で延岡から宮崎に車で移動すると、必ず誰かがそう口にする場所がある。

「おきみ橋」とは川南町にある小さな古い石橋で、気をつけていないと通ったこともわからない。そしてこの橋を「おきみ橋」と呼ぶのは、世界で私達一家四人だけだ。これはもう半世紀以上も前に義父がつけた名前だからだ。

当時内科医院を開業していた義父は、親戚の「きみこ」という名前の娘さんを預かって、看護師の勉強をさせていた。やがてきみこさんは、宮崎市に住む青年とお付き合いをするようになった。

ある時、運転免許を取ったばかりのきみこさんに義父は自分の車を貸した。きみこさんは、一人恋人に会うために車を走らせていたのだが、まだ高速もなくナビもないその時代、初めての道を宮崎まで運転するのはなかなか難しいことだった。当時何事もなく行けても二時間半くらいかかったものである。きみこさんは、途中道に迷ったりしながら何とか川南にさしかかったが、疲れのせいか運転を誤ってその小さな橋に車をぶつけてしまったのだった。結局、宮崎にはたどり着けずに帰ってくることになった。

義父はその橋を「おきみ橋」と名付けて、車で一家で宮崎に行くたびにその話を思い出して語ったそうだ。それを覚えている主人はそこを通過するたびにその話をした。それで私も二人の娘達も川南のおきみ橋が記憶に刻まれているのだ。高速ができて、もうおきみ橋を渡ることもあまりなくなった。

その話をしてくれた義父が亡くなって三〇年近くになる。やがて私達夫婦も亡くなれば、結婚をしていない娘達の代でおきみ橋という名前と思い出は消えてしまうのだと思う。

平成の終わりに合わせるように、昭和を彩った数々の作家や俳優達が次々に彼岸に渡った。令和になると勢いが増して、同時代に生きていることが嬉しかった作家達がさらに彼岸に渡っている。つい数年前までの平成の時代に、ちょっと古臭いと思われていた昭和の物事は、こうして確固たる過去として結晶していくのだろう。

一つの時代の終わりを強く感じるのは、おそらくここ十年ほどの電子機器の驚異的に急速な発達によるものだと思う。デジタルネイティブと言われる生まれた時から携帯電話がある世代がすでに親になりつつある。すべての情報が即座に手に入ることが当然な環境で育った人達と、それ以前の人達との意識や思考は分断されている。NTTのロゴマークが電話のダイヤルを回す時の動きと説明しても、今の若い人達はイメージすら湧かないだろう。時代の寵児もいつか忘れ去られ、共通の記憶も消えていくことだろう。そしてささやかな家族だけの記憶も、あったことさえも知られずに時のかなたに流れていくのだ。

そんなことを改めて思ったのは、小学校のブックフェア（選書会とも言われる）で行うブックトークでのあるできごとがきっかけだ。子ども達が選んだ本を学校図書館に、という思いから、もう二十年近くブックフェアを開催している。読み聞かせサークルで選んできた本約二〇〇冊を分野別に並べ、その中から数冊を紹介し、あとは自由に見てもらう。子ども達が選んだ本の上位三番目までを購入するという仕組みだ。

自由に選んでもらうと言っても展示する本は事前に読み聞かせサークルの全員が読んで検討して、ある程度ふるいにかけている。また本の情報をプリントなどで掲示するのではなく、担任の先生や日頃親しんでいる読み聞かせのおばちゃん達の生の言葉で紹介された上で選ぶことで本に対する興味も違ってくる。

現にこうした活動が根付いている学校の図書館には朝早くから子ども達がつめかけ、目当ての本に群がる様子が写真や映像で紹介されている。活字離れと言われるようになって久しいが、本の紹介に目を輝かせ、選び終わって余った時間に頭を突き合わせながら本に読みふける子ども達の姿を見ると、まだまだ大丈夫と嬉しくなる。

各クラス一時限のブックフェアでは、絵本はその場で内容を把握しやすいが、読み物はそれが難しい。そうなると子ども達は派手で漫画的な表紙のある本を選びがちだが、実は装丁は地味でも読んでみると面白い物語がたくさんある。読み物本の見た目と中身の違いを埋めていくのが、こういう形態でのブックトークの役目の一つで、醍醐味だとも思っている。大体のストーリーや物語の世界観を紹介しながら、「それから?」と子ども達が身を乗り出したところで寸止めにする。子ども達の先を知りたい気持ちが生き生きと表情に現れる時、この活動の幸せを感じる。

ここ数年、子どもの本の中にも現実的な問題が描かれるようになった。貧困、親の離婚や再婚、LGBTや移民に対する差別など。今年は五年生に戦乱の中東の母国から離れて日本で暮らす青年アリババが、祖国のバザールで飼われていた人語を解する猫と出会い、そこから人との縁が広がる物語『アリババの猫がきいている』を紹介した。

導入として本の表紙を見せながら「アリババと言えば？」と問いかけると、何も反応がなく、ただ一人迷いながら「ばばぁ？」と答えた子がいた。それはいわゆるウケを狙ってというような声ではなく、本当に知らなくて考えてみた答えのようだった。『アリババと40人の盗賊』から中東へ想像を飛ばしてもらって、その物語になった世界が今は戦乱の中にあり、そこから亡命してきた青年が、という流れで紹介しようとしていた私は一瞬硬直してしまった。それでも
「おばちゃん達の小さい頃、アリババと言えば『アリババと40人の盗賊』というお話だったんだけどね。それも面白いから読んでみてね」と引き取って、アリババの猫がさまざまな物と話を交わすところを重点的に紹介していった。ブックトークが終わった後、子ども達はその本に群がってくれたが、できればアリババのおはなしを語る機会があるといいとしみじみ思った。

六年生でのブックトークでは第二次世界大戦に材を取った物語を紹介したが、「（日本は）勝ったんですか？」と勢い込んで質問した男の子がいて衝撃を受けた。

「戦争のことについては中学の歴史の授業で詳しく習うのですが」と先生が言われていたことも印象的だった。

私は現在六十四歳で実際の戦争を知らない。青春時代には「戦争を知らない子どもたち」が流れていた世代だ。けれども小さい頃お祭りに行くと傷痍軍人の方々が立っていて施しを乞うていた。幼心に腕や足の一部を失って立っている姿を見て、戦争というものの怖さを感じた覚えがある。私は戦争の尻尾の記憶として、そのことを折に触れ自分の子ども達に語ってきた。授業やネットを通してしか戦争を伝えることがなくなるのだなあと、うすら寒い気持ちになる。

十年ほど前、六年生にブックトークをした時、「奴隷」を主題にした絵本があり、関わりの深いリンカーンを知っているかどうか聞いてみたら、知っていたのは二クラス六八人中一人だった。そもそも「奴隷」という言葉を知らない子ども達がほとんどだったのだ。

改めて考えてみると、一体いつ知ったのだろう、ということが多い。それは一概に年を取って出会いの時を覚えていないということばかりではないように思う。たとえば昔話の「ももたろう」「かちかち山」「三びきのこぶた」など、小学校の友達も皆おはなしを知っていた記憶がある。また奴隷にしても小学校高学年になると「アンクル・トムの小屋」を読んでいる子が多くて、同じ人間でもこんな扱いを受けている人達がいるとおそろしく思っていたものだ。正直であることの大切さ美しさについてワシントンの桜の木の逸話はよく使われていた。

残酷だという理由で昔話は近年旗色が悪い。たとえばもともとの「三びきのこぶた」は最後は狼はスープの鍋に落ちて死んでしまうのだが、その前に二匹の子豚（兄さんぶた達とされることもある）を食べてしまっているのだ。現在は家を吹き飛ばされるたびに兄さん豚は弟豚のところに、次には末の弟豚のところに逃げていくという話に変えられ、最後は改心した狼と仲良しになるという話が作られていたりする。

昔話は何世代にもわたって語り継がれてきた口承文芸で、いくつかの決まり事がある。その中に「子どもの命を脅かすもの（悪者）は徹底的に殲滅されなければならない」というものがある。改心した狼はもう二度と子豚を食べようとはしないだろうか。そんな不安があってはならないと何世代もの大人達は考えてきたのだろう。昔話はあからさまにメッセージを伝えたりはしない。けれども「三びきのこぶた」のおはなしから、悪者にはその悪行にふさわしい報いが、まじめに物事に取り組めば危険を回避できるというようなことをおぼろげに感じはしないか。

昔話の語り口を残酷と退けながら、一方で凄惨なやり方で人を殺していく「鬼滅の刃」に幼い子も大人も夢中になり社会現象となった。その物語の棲み分けの線引きに違和感を覚える。柔らかくまっさらな子ども達の心に、怖くても確かな場所に着地して、育ちの助けになる昔話を味わってもらってから、いろいろなものに触れてほしいと思う。まずは正しさや優しさをシンプルな形で伝えたい。いつ知ったかも思い出せないけれども、心のどこかに息づいているお話として。

絵本を読み聞かせたり、おはなしを覚えて語ったり（ストーリーテリング）するおはなしおばさんとして子ども達の前に立ちはじめてから二十余年になる。近年子ども達との共通言語が失われていくのを感じることが多い。分断された文化を橋渡しすることがこれからの役目だと思いながら、昔話を語っている。

とりあえずは今度「アリババと40人の盗賊」を語ってみることにしよう。

福田　稔

僕らチャンバラ三銃士

僕らチャンバラ三銃士

「チャンバラ」という言葉を見聞きしなくなって久しい。チャンバラトリオのハリセンで顔を叩く芸が人気を博した頃が、チャンバラという文字をテレビで見た最後だったような気がする。

『日本国語大辞典』（小学館）によると、チャンバラは、「ちゃんちゃんばらばら」を略した語であり、古くは昭和四（一九二九）年の用例がある。最初の意味として、「映画・演劇で、刀剣で斬り合いをすること。また、そのような劇。剣劇」とある。

私には、「ごっこ」を付けた「チャンバラごっこ」の方が、遥かに親しみを感じる。私のような昭和生まれの男性にとっては、幼い頃の定番の遊びだったのではないだろうか。

幼稚園に通っていた昭和四十年代の初め、私が見ていたテレビ番組の主人公たちは、武器として刀か拳銃を携えていた。私のお気に入りは、『忍者部隊月光』だった（同じ「月光」でも『月光仮面』の方は、私が誕生した昭和三十六年には放映が終了していた）。私が幼稚園で使っていたアルミ製の弁当箱には、テレビ番組の元になった吉田竜夫の漫画『少年忍者部隊月光』が描かれていた。

当時の私は忍者部隊員になりたくて、ネットをかけたヘルメット、刀と手裏剣、オートマチックの拳銃といった武器が欲しくてたまらなかった。実際には、この中で手に入ったのは刀だけだった。

親から買ってもらったのは子ども用のおもちゃだったが、木製の鞘《さや》に入った金属製の刀は本格的な作りだった。私は宝物として、大切に扱った。

実は、私の父は趣味で刀（真剣）を収集していた。当時住んでいた熊本県南東部の人吉市から球磨郡多良木町にある父の実家までは約二十キロ。帰省する度に、父は実家に保管していた刀の手入れをしていた。

鞘から刀を抜いて、てるてる坊主の頭のような白い球体を、ポンポンと刃に当てて（打ち粉と呼ばれる）粉を付ける。そして、柔らかな布で慎重に拭き取っていた。それが終わると、刃の輝きを確かめるように鑑賞していた。父は決して刀を振ることはなかった。

「いつか居合を教えてあげるね」

そう言いながら、私に刀を持たせてくれることもあった。おもちゃの刀より重かったし、真剣の刃は比べ物にならないくらい美しく輝いていた。

幼かった私も父の真似をして、時々おもちゃの刀を鞘から出して、眺めてみた。ところが、良く見れば見るほど、父の刀との違いが目についた。何よりも刃の作りが荒かった。子ども用のおもちゃなので意図的に切れないように作ってあったからだ。

直ぐに私は刀を鑑賞するのに飽きて、振り回す方を楽しんだ。ただ、どんなに速く振っても、テレビで見る時の「ヒュン！」という音はしなかった。それに、幼稚園の友達は誰も切られ役になってくれなかった。私は専ら母親を相手に、「えい！　や～！」とやった。「ああ、参ったあ～」と、母は上手に斬られ役を務めてくれた。

私が小学生になった頃も、相変わらずテレビ番組で主人公たちが刀を振り回していた。熱心に見ていたのは、『丹下左膳』、『仮面の忍者　赤影』、『妖術武芸帳』、『佐武と市捕物控』（アニメ）などだった。

しかし、徐々に私の遊びはチャンバラから離れて行った。そして、子どもたちの世界は、

『ゴジラ』、『ウルトラマン』、『マグマ大使』に端を発する怪獣ブームを引き継いだ変身ブームが、その中心を占めるようになった。

さらに時が経つにつれて、刀を振り回すテレビ番組は少なくなった。そして、チャンバラはテレビから姿を消して、この言葉も聞くことがなくなった。

幼い私がチャンバラごっこを楽しんだ時から半世紀が経った。令和の今、改めてチャンバラを調べてみると、面白い発見がいくつも出てきた。なんと、チャンバラは別の形で復活していたのである。

その一つが、「スポーツ・チャンバラ」と呼ばれる競技としてのチャンバラだ。今や全国組織もあり、なんと国民体育祭でも競技会が開催されている。

「チャンバラ」をキーワードにして、この一年間に更新されたインターネットのサイトを、グーグルで検索してみると、上位の全てがスポーツ・チャンバラの記事だった。

もう一つが刀剣ブームである。これはパソコンゲーム『刀剣乱舞』の人気に端を発するらしい。実在する刀剣が擬人化された主人公が活躍するゲームで、その主人公は「刀剣男子」と呼ばれる。これに対して、このゲームの女性ファンが「刀剣女子」である。

平成二十年頃から歴史好きの女性を「歴女」と呼ぶようになったが、その中でも、刀剣女子は刀に特化した歴史ファンである。名刀を展示する美術館や博物館では、イベントが多く開催されて、若い女性が集まることとなった。刀剣が町興しの担い手となっているのだ。

そして、極く最近、チャンバラが本格的に子どもたちに戻ってきた。幼い私がテレビ番組を見てチャンバラごっこに興じたように、子どもたちが刀を振り回して遊ぶ時代が復活したのである。

これは、偏《ひとえ》にアニメ『鬼滅の刃』のお陰である。これは人を殺す鬼を（日輪刀と呼ばれる）刀で倒してゆくという、吾峠呼世晴《ごとうげこよはる》による漫画をアニメ化した作品だ。残念ながら、我が家のテレビは調子が悪く、テレビ放送は五分もすると受信しなくなる。そこで、我が家では、『鬼滅の刃』は全てＤＶＤで見ることになった。

ある日、仕事を終えて帰宅すると、五歳の長男が三歳の次男に向かって、しきりに「レッツゴー！」と呼びかけている。急に英語を話し始めたので驚いていたら、私の聞き間違えだった。

長男は、『鬼滅の刃』の主人公竈門炭治郎《かまどたんじろう》役、次男は妹の竈門禰豆子《ねずこ》役で遊んでいたのだ。「ねずこ〜！」と呼びかける声が、私には「レッツゴー！」と聞こえてしまったのである。

そんなに好きなのかと思い、私は新聞紙を棒状に巻いて息子たちに与えてみた。すると、二人は大喜びで、紙製の刀を振り回して遊び始めたのである。私の目の前でチャンバラごっこが半世紀振りに復活した瞬間だった。

私は、チャンバラごっこの楽しさを伝えたいと思い、今度は百均のおもちゃの刀を買ってあげた。私も嬉しくなって、自分用も買ってしまった。

自宅で子どもたちにおもちゃの刀を持たせると、長男はアニメに倣って、刀を振る前に「水の呼吸、壱ノ型　水面《みなも》斬り」と、いちいち型の説明をし始めた。元剣道部で今や居合の有段者となった私には、隙だらけにしか見えない。あっと言う間に、「小手！　胴！」と連続技を披露した。

その直後、私の隙を突いて、後ろから次男が思いっ切り私を叩いた。

「痛い！」

幼い子どもは手加減することができないのだ。

「頭や顔を叩いたらダメだよ」と教えながら、「今度パパの刀を見せてあげよう」と子どもたちと約束をした。

数日後、職場に保管しておいた居合の練習用の模擬刀を自宅に持ち帰った。

夕食後に、「約束のものだよ」と言って、子どもたちの前で、持ち運び用ケースから刀を取り出した。「うわ〜！」と子どもたちは大騒ぎである。

「危ないから、座って見てね」

そう注意して、鞘から刀を抜くと、子どもたちの目は釘付けである。模擬刀と言えども子どもにとっては初めて見る刀である。

「持ってごらん」と、長男に手を添えて持たせてみた。

「重い?」と尋ねると、無言で頷く。

「持ってみる?」と次男に訊くと、首を横に振る。刀を怖がっているようだった。

私は二人に向かって言った。「いつか居合を教えてあげよう」と。

あれから三人でチャンバラごっこをよくやるようになった。五分ほどで終わることもあれば、三十分続くこともある。時には勢い余って兄弟喧嘩になるので、仲裁をしなければならない。我が家のチャンバラごっこはなかなか忙しい。疲れたときは、「ああ、参ったあ~」と、斬られてもいないのに、私は倒れて休むことにしている。

次男がもう少し大きくなったら、三人でスポーツ・チャンバラを始めたいと思う。目標は国体参加の僕らチャンバラ三銃士である。

丸山康幸

墨田区竪川三丁目（一九五七〜六二年）

墨田区竪川三丁目（一九五七〜六二年）

引っ越し先はそれまで住んでいた世田谷区上馬とは全く違っていた。私は五歳だった。上馬の家は平家で大きな部屋が七つあり家の周りは庭で囲まれていた。墨田区竪川は細い道の両側に家がひしめき合い木々もなく無味乾燥としていた。引っ越し先の「第二桂山荘」は古ぼけた木造二階建てのアパート。十四家族が住み、部屋の間取りは六畳一間きりで流しの横にガスコンロが置いてありそこが台所。便所は一、二階に三箇所ずつあって住人が共同で使っていた。第一桂山荘も建っていて第二との間に据え付けられた水場では二つのアパートの合計二十八家族が洗い物をした。そこは母親たちの井戸端会議の場所でもあったようだ。六畳では家族五人分の布団を敷くスペースがないのでまず押入から四人分の布団を引っ張りだして畳に敷き、結果生じた押入の空間に一番小さい私が寝た。押入は畳を見下ろす位置にあったので狭いが特別扱いをされている気分になって快適だった。

引っ越しの理由は敢えて両親に聞いたことはないが、独りで印刷業を営んでいた父の取引先が竪川周辺、いわゆる東京の下町に多くあって世田谷からはオートバイで一時間以上かかり大変なのと、これは私の推測だが、実家を勘当になり母方への入婿として義父母や義姉と暮らしていた父には時に屈託があったのかもしれない。その頃商売で多額の「不渡」を喰らって収入面でも大変だったと後年母から聞いた。母は時間があると色鉛筆を入れる箱の組み立てなどの「内職」をしていた。私も手伝った。部屋中が鉛筆箱で一杯になった。

幼い私はあれこれ思い悩むこともなく相変わらず呑気に過ごした。ただ転校先の幼稚園がカソリック系で隔週で敷地内にある教会で開かれる「日曜学校」に通うのがとても退屈で苦痛だった。牧師の説教は意味が分からずその後に長々と祈りの言葉を唱えさせられた。お祈りが始まると教会から抜け出して門で待っているすぐ上の兄の自転車の後部席に跨って脱出することにした。今でも毎朝唱えたお祈りを覚えている。一年足らずで地元の「中和小学校」に入学した。竪川三丁目には印刷、紙卸、石鹸製造などの零細な工場が多くあった。クラスの人気者だった市川美千代さんの家は香水製造の下請け工場で、遊びに行くと甘い匂いが充満していた。私の家にはテレビはなかったので甘味処「みよし」で観た。プロレスが放送される時間に店に行き友だちと十円のカキ氷を食べた。カキ氷は大盛りで上の方のシロップがかかっていない余分な氷を道に放り投げて遊んだ。「みよし」は同級生の阿部進君の家だった。彼には癲癇症があってある日紙工場の倉庫に積んである段ボールの山で隠れん坊をしている最中に意識が無くなって目を開けたまま動かなくなってしまった。驚いた私たちは「みよし」に飛んでいった。母親が近所の医者に連れて行って阿部君はすぐに元気に戻ってきた。

通りには様々な物売りが来た。きなこ餅や、金魚や、物干し竿売り、大学芋や、風鈴売り、時々荷台に西瓜を山積みにしたトラックがやってきて荷台の上から西瓜を次々投げて売ってくれた。大玉一個が十円だった。中和小学校の校門の正面には駄菓子屋があってよくもんじゃ焼きを食べた。裏手に回ると長方形の平たい生簀が置いてあり金魚掬いができた。針金を丸めた小さな円形の枠に薄紙が貼ってあり、「ぽい」と呼ばれていた。私は一つの「ぽい」で四十二匹の金魚を掬ったことがあった。友だちに褒められたが、その金魚をどうしたのだろうか。独楽を空中に飛ばしながら回して手のひらに乗せ鬼ごっこをした。独楽が回っている間は自由に走って追っかけあうことができた。自然に独楽回しが上手くなった。けん玉でも同じような遊びをした。お皿に玉が乗ると五歩、煙突に乗せると十歩、先端にすっぽり嵌ると二十歩動くことが許された。野球も人気があった。柔らかくて小さなゴムボールと木切があれば道を斜めに使い投手と捕手が向かい合ってすぐに野球が始められた。自動車が通る時は一時中止にして通り過ぎるとすぐに再開。道の両端にはドブが掘られていていつも生ゴミの臭いが立ち込めていた。ドブにボールが落ちるとそれをつまんで汚水をズボンで拭いて野球を続けた。

三年生で同じクラスになった木下進一君はおとなしくて野球やメンコ遊びには加わらずいつも広告ビラの余白に絵を描いていた。私たちは同じアパートに住んでいた。お母さんは小学校の先生でお父さんは毎朝自転車でアパートを出て行ったがなんの仕事をしていたのか分からなかった。私たちは切手の収集という共通の趣味で友だちになった。その頃は年に何回か新しい切手が発売されてそれが待ち遠しかった。小遣いが充分にないので新しい切手は交代で買い切手帳に少しずつ貯めては二人で眺めた。木下君が私の切手帳の裏表紙に疾走する馬を青いペンで描いてくれた。もう切手帳はボロボロになってしまったが今見てもその絵は子どもが描いたとは思えない生き生きとした素晴らしい出来栄えだ。一緒に「探偵団」を旗揚げし手帳を作った。それには竪川町の全体図、隅田川にかかっている橋の名前、星の見取り図、鳩の飼い方など、私たち二人が興味を持った情報をどんどん書き込んでいった。冬になるとハンカチを首に巻いて少年探偵団に成りきった。公園に行って帰宅時間を過ぎても遊んでいる子どもの一団に近づいて早く帰るように促したりお節介をやいた。

一連の行動を勝手に「探偵団出動！」と呼んだ。ある時あちこちを走り回っていたらいつの間にか知らない地域に入り込んでしまった。すると何処からともなく何十人もの子どもが湧くように通りに出てきて私たちを囲んだ。中には小学生だけでなく随分歳上の子どもも混じっていた。そこは清澄通りを深川方面に渡った地区で通称「ドヤ街」と呼ばれ日雇い労働者が集まっている場所だった。暗くなったらそこではうろつかないようにというのが子どもの間での暗黙の掟だった。危険なことが起こるらしいという噂だった。その掟を破った私たちは引っ立てられて狭い公園に連れて行かれ滑り台の鉄柱に縄で両手両脚を縛り付けられてしまった。私はぼんやりしていたので一体何が起こったのか分からなかったが木下君はいち早く事態を理解したのか恐怖から泣き出した。このまま殴られたり蹴られるのかと観念したら中学生の女の子が「縄は解いてやりな」と囲いを狭めて迫ってきている子ども達に命令した。縄が解かれるやいなや私たちは公園の出口に走り出して逃げた。「ドヤ街」の子ども達が追いかけながら小石を私たち目掛けて投げてきた。それが足元や肩先を掠めた。必死に走り続けて清澄通りを車を避けながら渡ってようやく桂山荘に辿り着いた。家についてもどきどきしていたが母や兄たちには何にも話さなかった。翌日から小学校で休み時間になると他のクラスの知らない子どもから「屋上に来い」と執拗な呼び出しを受けた。私たちが応じないでいるといつのまにか呼び出しはなくなりその事件のことも忘れてしまった。

父は朝早くオートバイで商売に出掛けて夜遅く帰ってきた。昼飯はいつもライスカレーと言っていた。アパートに戻ってくると日本酒三－四合をアルマイトの小皿に乗った塩豆を肴に冷で呑んだ。それが父の夕飯だった。私がお遣いで三日おきに酒屋に一升瓶を持って行きじょうごで満杯に注いでもらって持ち帰った。お代はツケで月末に母が支払った。私は大人の男は毎晩酒を呑み三日ごとに一升を呑み干すものだと思い込んでいた。母は教育熱心で兄たちに家庭教師の野津さんが毎週二度勉強を教えていた。私はその間は外で遊んでいるように言われた。野津さんと兄たちにはおやつが出ることを知っていたのでそれにありつけず、少し残念だったが友だちと遊んでいればあっという間に時間が経った。夕食は野津さん、母を交えて五人で食べた。野津さんは教育大学の学生で釧路出身。釧路から送られてきたお裾分けの「ししゃも」を初めて食べた時にはその美味しさに驚いた。母のお陰か兄は二人とも進学校の中学に合格した。父も年に数回は浅草に連れいってくれておでんやお好み焼きを家族で食べた。中でも洋食屋「キッチン・ヨシムラ」の「カツライス」を食べるときは特別だった。カツにかけてある「デミグラスソース」が微妙な深みがある風味で今でも忘れられない。

桂山荘の狭い廊下を隔てた前の部屋には石田さん一家が住んでいて女の子が二人いた。その隣は岩瀬さん夫婦の家で、奥さんが夕方になると濃い化粧をして外出して行った。岩瀬さんと石田さんは奥さん同士が仲が良くて廊下でよくお喋りをしていたが、時折岩瀬さんが血相を変えて石田さんの部屋のドアを拳で叩き怒鳴り込んでいるのを目撃した。何が諍いの原因だったのだろう。アパートの住人が朝になると一家ごといなくなっていることもあった。母に理由を聞いてもはぐらかされたが、後にそれは家賃が払えない家族が「夜逃げ」をしたんだと知った。縁日で買ったヒヨコを段ボールに入れて外で飼っていたら大きく育ってトサカが生えてきた。その鶏は父がどこかに持っていってしまった。竪川一帯は江東ゼロメートル地域に隣接していて二度ほど台風で下水が出水して床ギリギリまで水が上がった。私たちは濡れないように二階の住人の部屋に僅かな家財道具を移動した。

私たち一家は竪川で五年間過ごした後に更に東の葛飾区青砥に引っ越した。私は「青砥小学校」へ転校した。引っ越しの朝に近くの自転車屋から黒い子犬をもらった。私はそれを抱えて引っ越しのトラックに乗りこんだ。

森　和風

ラブの～Angel Time～

ラブの～Angel Time～

―プロローグ―

今日もまた、朝のニュースから夜のニュースまで、新型コロナウイルスによる感染者の激増が聴こえてきます。もうかれこれ丸一年を過ぎてドンドン激しさを増す中、私の今朝は始まりました。

二〇二一年五月十四日、木曜日。我が家の〝女王猫・ラブ〟の一周忌となる記念日を迎えています――。嗚呼!! またまたこの文を書き始めたトタン、私の顔は涙でグシャグシャになっていますーー。止めようとしても、あの今にも息を引き取ろうとしていた時の〝ラブ〟の姿が甦ってきて、私の魂を揺さぶるのです――。満二十年の刻を生ききり、静かに……本当に静かに息を引き取って逝った自慢のラブ………。

〝守〟の幕――大騒動の中で――

もうこんな不思議な刻が始まってはピンピン……ダウン………ピンピンと私達母娘を振り廻します。母娘も猫大好きだから、文句を言いながらも

――「ラブゥー!! またまた元気になったのネェー!!」

――「そんなに頑張って、私達のお守りをしなくても良いンだよォー!!」

と話しかけるのです。

私と猫の縁は娘の時から数えて、九匹目の猫となり、猫嫌いの主人がとうとう猫にお守りをされて、〝猫好き〟となった我が家自慢の〝ラブ〟なのだ。この子は絶世の美猫であった――。だが………

今まで血統書付きの猫を身近に置いてきた私にとって、不思議な頭脳とスタイルで私達母

娘のお守りをし続けてきたラブ。私に叱られて我慢ができない時は、長いカーテンに飛び付いて、ジャジャーンと上まで登りカーテンレールの上を歩いて、

——悔しいッ!! ……どう? こんなことやれるゥー?!!——と見下ろすのです。

当の私は……というと、こんな時決まって言う言葉が二十年続いていました。

——「あんたは良い家から貰ってきた子だけど、半野良の血がはいっちょるから、言うことをキカンとじゃー!!」と。

言った後で変えることができない言葉にギョッとする私。母猫は誰もが知る立派な家の裏庭に捨てられていたらしい。が、余りに美人猫だったので、奥様が家猫にされた……とか。自慢じゃないけれど、五回目の見合いで兄妹二匹の美人猫を戴いて、我が家の家族となった……という訳。

「ジュリアーノ」とか「スカーレット」と付けたかったが、私は〝書に生きる人間〟義が立たぬことはできぬ……と〝エル&ラブ〟——仏語&英語で〝愛人〟と名付けた。兄の〝エル〟は野良の血が強かったのか、七歳余りの或る夏の暑い日、クーラーによる体温調節機能の不具合で、体力低下を来たし一週間ばかりの後、あれよ、あれよという間に息を引き取り他界。その時、ラブはズゥーと兄の傍らに居て見守っていた。私も潮の干満を毎日調べて、一週間ばかり徹夜の仕事をやり続けた記憶が懐かしい。ホントに美形の雄猫であった——。

あれから妹のラブは三倍も生きて、堂々と、天下御免の楽しい人生を生ききった――。私達母娘の生活の中で、まるで自分が猫だと思っていなかったのでは？？？と感じる生き方で大往生していった。〝ラブ〟………。

〝破〟の幕――猫自慢――

私は誰にも負けないほど、たくさんの猫を見てきたが、我が家のラブほど、美人猫を見たことがない。特に目が大きく、歯が美しく、歩く時は一尺――30センチ――もある尻尾を男の子のように、〝ピン〟と立てて優雅に歩く姿は、まことにホレボレするほどであった。

或る日のこと、私が書きものをしている時に、ワァー‼　ワァー‼と変な鳴き方をするのだ。

――「あンたは、何が言いたいのッ‼　お母さんは仕事をしているのが解らんとネッ‼」

………と筆を持ったまま言い放っていた――。が、私の傍に来てまた、変な鳴き方をする。

――ドーモ私に「来い‼」と言っているようである。毎日のご飯皿の前に座って鳴いている‼　見ると、キャット・フードが二日ばかり全く入っていないのだった。私はビックリ‼

その時忙しさに取り紛れてラブの食事の世話を、すっかり忘れていたのだった。

余りの申し訳なさに、床に正座して両手をついてラブに向かって、

――「本当に申し訳ありません!!　気付かずごめんなさい!!　今後は気を付けます!!」――と深くお辞儀をしてあやまっていた。その後三度、平謝りをした私!!　その度にラブは――「いいがァ、お母さんは一生懸命になると、他のことは忘れてしまうモンネー!!　見えんようになるモンネー!!」――

私をゆるしてくれるのだ。私のこの変なやり取りを娘はアキレテ見ていた――。

そしてラブの代わりに、母の私を馬鹿蹴豬《ばかけっちょ》※――和風の造語――に罵倒してラブの機嫌をとるのだ!!　こんなことが私とラブの後半の人生で、お互いが理解できる力に変化していったのかも知れない。〝ラブ〟の逝く前三日間の、壮絶な生きざまは見事と言う他はない――。

〝不思議な行動〟――それは〝エンジェル・タイム〟と言うそうで、猫特有の行動であらしい――。死を迎える前々日のことであった――。

※「豬」は太ったブタの意

〝離〟の幕――ラブのエンジェル・タイム――

その朝も徹夜のせいで、爆睡の眠りの中、幽かで、弱々しいラブの声で目醒めた――。

朝九時頃のことであったが、今まで、来たこともないベッドの下に来て――ガリガリに

痩せて歩くにも後足でやっと立っている状態なのに――弱々しい微かな声で――「お母さん!!　お早ようー!!」と二回鳴いている……。私には、そんな声に聴こえた。その声に飛び起きて、――「そんな体で挨拶に来なくても良いのだと叱った私。――昔から、毎朝、起きた時、――「ラブ!!　お早ようー!!」――から始まった習慣が、私が疲れ果てて起きて来ないから、一生懸命に力を振り絞って……!!

――「どうしたの？　お母さん!!」――と言いに来たのだと感じています……。さらに、逝く前日の朝もまた、できる筈のない行動に、私は更にビックリして、意識が目覚めた。ベッドの蒲団の上が何かゴソゴソと動いている。もう到底、飛びあがる力などない筈の〝ラブ〟が私の蒲団の上を、私の寝ている軆の上をあちこち乗って歩き、今までしたこともない、見たこともない行動を、全身の力を振り絞って歩き、果ては私の枕元まで歩いてきているではないか!!――私は何かソソウをするのでは?!!と飛び起きて、ラブの寝床に連れて走ったのだった。その時のラブの軆の余りの軽さに、嗚呼ー!!　ラブとのお別れの刻が近いのを感じた。私の掌は忘れない!!――。

次の朝は眠れぬまま、何時お迎えが来るか解らないから、ラブの傍に居て話をして見送ろう――と娘と一緒に

――「ラブゥー!!　もう頑張らんでも良いのよォー!!」とはらはらと落ちる涙を、ラブの美しい毛並の上に落としていた私達——!! 満二十年の刻を生きて今、息を引きとろうとしています——。

——エピローグ——

その日は二〇二〇年五月十四日、今は正午前。………!! ラブの死を前に娘に向かって言った。——「あの不思議なラブの行動は何ナンじゃろー!!」——暫くして娘が帰ってきて話すには——「ラブは、私達に感謝していたから、あんな行動を取ったみたいよッ!! あれ、エンジェル・タイムと言うンだってー!!——」と不思議な行為について話をしてくれた。それにしても満身の力を振りしぼって生きた姿は、私に終生、忘れられぬ感動をくれたのだった——。

私達人間は、死の床に就いて、死を目前にして、愛する人や、周りの人達にキチンと感謝の心を残して逝ける人が、何人居るのかなぁーと思いを飛ばし、大きな吐息をついた時、我が家の〝ラブ〟は逝った——。

不思議なことに、三年前に逝った主人と、ほぼ同じ時刻の午後二時少し前に、私と娘に見守られて、静かに……本当に静かに息を引きとった。

――ラブ!!　あなたの人生にどんな誉め言葉をあげようか!!――

――あなたの人生にグランプリ!!　そしてありがとう――をいっぱい!!――

夕方には、仏壇の前に大きな花籠が届いた。我が家の親しい友人からの葬花であった――。花のテッペンには、〝ラブちゃんへ……!!　感謝〟と……。

――法名・〝愛心院ラブ猫大姉〟　合掌

森本雍子

同行二人?の旅立ち

同行二人《どうぎょうににん》?の旅立ち

愛犬との長い旅だった。その旅が今後の私の思い出として心温まる一シーンになるのか。それとも、娘夫婦との往き来に影を落とすのであろうか。旅の終わりは群竹のある隠居領を左折すると、わが家の小さな玄関である。息を飲んで曲がった。

そこには、体長五十センチほどの雌柴犬の令が立っていた。道程二キロほど三十五分かけて帰ってきたというべきか？　何事もなかったように「ばっぱ（以下私のこと）遅かったね」とあどけない顔して、静かに立っていたのであった。「令ちゃん。速かったのね。今、玄関の戸を開けるね」とポケットから鍵を出して開けるのももどかしく、「さあ、開いたよ」と私の言葉を待っていた令は入るとすぐ水を飲み始めたのであった。私は、奥の部屋の夫に声掛けするも、聞こえない様子。そのような状況なので、夫がいても留守をする時は玄関の鍵は閉めておくことにしているのだった。

私の髪は汗で乱れ、呼吸も正常でないと見た夫は「何かあったの？　朝の散歩にしては時間がかかったみたいだね」と問うてきた。

私は急にへなへなと座り込み「令ちゃんが首輪とリードを外して、脱走したのよ！」と訴えた。「またそれはどういうことだったの？」と夫は聞く。話はこうであった。

朝の散歩は帰りの道筋に入っていた。心地好い梅雨の晴れ間だった。瀟洒な建物をフェンスが囲んでいた。昨年の夏の終わりから秋にかけ、そのフェンスに白い夕顔が美しかった。いつも眺めていたからだろう。「種をあげましょう」といただいていた。

その朝も「種はもう蒔かれたのだろうか」と思いつつ通り過ぎようとした、その時、「おはようございます」という元気な声がかかった。私も「おはようございます」と挨拶し、通り過ぎようとしたが、種の蒔き時を聞いておこうと思い引き返そうと、柴犬のリードを強く引くが〝動かざること山の如し〟。よしよし解かったよ。柴犬の頑固さには叶わないよ。止せばいいのに、もう一度強く引いて失敗したのである。首輪とリード共々スルリと私の手元に残り、令の首は涼しくなったのである。

令も、瞬時には自分の身に何が起こったのか解らず、その場に立ちすくんでいた。「令ちゃん、こっちにおいで」との私の声に一応やってきた。が、私の手元の首輪を見て脱走の体勢に入った。帰宅の道筋に走りだしたのだ。慌てて私も後を追った。この辺りは畑地でいつも作物が実っていたのだが、最近は生産者の方も高齢者となられたのか、畑地としては機能せず少しずつ空き地化した感もある。


犬走る広き空き地に音ひびき高くに機影静かなる犬　（二〇二〇年三月）

令は低い音にも敏感で、飛行機が飛べばいつまでも眺めている静かな犬だった。

近くの家から主婦らしい女性が出てみえた。静かな空気の中で、外からの声に何か異変を感じ取られたのだろうか。恥も外聞もなく「奥さん助けてください！　犬が首輪もリードも外して逃げたのです」。夫人は「まあ大変！　リードだけならなんとかねえ」と言われた。「ありがとうございました」。声も掠れていた。

私は人に頼るのを諦めた。自分にできないことが余所様にできる筈がないのである。令を追ったが、気がつけば令は道幅の広く新しい二車線の道路を横切り、南に向かおうとしていた。自宅は北に行くのだが、何処へ行くのであろうか。その時、私共家族が一つの道程に散歩道として一致している道筋がわかっていた。その道筋に誘導しなくては。

令は、令和元年の五月にK市の保護センターから連れて来られたのである。令和になって来たため飼い主の娘夫婦が名前を「令ちゃん」と呼ぶので我々夫婦もそれに倣い、そう呼んでいるのだ。

二車線を南に行くと、旭通りから東に行く一宮線につながる。その道に出る前に右折させないと……。途方もない行程になる。

恥も外聞もない。大声で「令ちゃん！　その道を右に曲がるのよ」とあらん限りの声を出して三度ほど叫ぶ。「ぱっぱも令ちゃんの後ろについて行くからね！」令が一瞬振り返った、が角を右に曲がった。急いで走り確かめたら、薄い茶と白の小さな豆柴が右端を小走りに行くのが確認できた。また私も走った。「ねぇ令ちゃん、ばっぱ、もう走れないわよ。いつか教えたかわだ商店のところから、また右に曲がるのよ」やっとそれだけ叫んだ。脇腹が痛み、冷や汗が背中を流れた。

犬連れて歩みをとめれば店の跡人やさい魚賑わい何処

（二〇二〇年三月）

個人店舗だったが、日用品から野菜、肉、特に新鮮な魚貝類、調理済みの食品など、人気があった。店主は地域の清掃、祭りなどのイベントにも積極的に参加されるなど熱心だったと聞く。五年ほど前だったか惜しまれて店を閉められた。

令には、いつも店舗跡に立ち止まって「ほら、見てごらん。ここ真っ直ぐ行ったら八幡神社があるでしょう?」と話すのが常であったが、興味があったかどうかはわからない。

その通りの神社方向を見るが、令らしき犬は見えないのだった。自転車に乗った若い男性とすれ違う。「ねぇ、小さな柴犬見なかったですか?」と聞いたら、「少し先の角を右に曲がったよ」と自転車を止め後ろを振り返り、曲がった方向を指さしてくれた。「ありがとう!神社の手前かしら?」と問うと「そうだ」と言われる。さて、ここまでは順調のようだ。この辺りは小径が多い。

愛犬と晩秋の小径行きたれば犬も歩み止め我見つ　（二〇二〇年一一月）

先ほどの彼が教えてくれた小径はいつも通るところだ。神社に向いて右折すると、東に延びる道は細くて長い。遠くの方で白っぽく茶色い動くものが見えた。このあたりで令の気を引く車に出会い乗せられたらお仕舞いである。

ポルシェの排気音にも立ち止まる謎多き柴犬保護施設から　（二〇二一年二月）

令の気を引く車とは、ポルシェのことである。独特の低音に耳を澄まし、施設から来た端は音がすると、車の後を追って走りたいみたいだった。令の年齢も定かではないようだ。娘が獣医さんにきいても確実なところは解らず、健康診断を受けたが特に異常はなかったが、歯の本数や乳房の張りなどから「経産婦」らしいことは判明している。少々痩せ気味だったが、娘夫婦の愛情、食習慣、適切な運動から毛並みも良くなり、連れていると人からも声がかかるようになったのである。

犬は音に敏感だという。遠くからの音に敏感なのはわかる。それに加え、音の質や心地良い音を聞き分けることができるのであろうか。

ここで昔からのファンであるバリトン歌手の末平浩康さんに不躾ながら電話を入れた。「お久しぶりでございます。実は飼犬の柴犬がドイツの車のポルシェと出会うと後を追いかけそうになるのです。低音に魅力といいますか心地よい気分になれるといいますか、和音のように複数の音によって構成されている響きみたいな音に感じている、やはり敏感なのでしょうね。末平先生は如何でしょう」と問うと、笑っておられたが、ちゃらんぽらんな質問の中に唯一、私の真面目さに驚かされたのか、「ポルシェに出会う機会があればその低音を聴いてみますよ」と応じてくださった。

思った通りに、末平先生は明るく包容力もおありでロマンチストでもある、歌声通りのお人柄であられるらしい。「不思議ですね。森本さん、あなたからの電話も何年かぶりでしたが、二科の木脇秀子さんからも二年ぶりくらいでしょうか、最近お電話いただきましたよ」と言われた。木脇さんとは電話でよく話をする。先日も、「今、何を描いているの？」と問うと「一三〇号に挑戦しているの」とようやく創作意欲が戻ったようで嬉しい。「末平先生と今このような話でお別れしたのよ」と伝えたら、「まぁ、私もつい最近、末平先生にお電話入れたところよ」と歌うように応えてくれた。楽しい友人だ。

豆柴犬の令は脱走したのではないと、今では考えるようになった。何となれば、隠居家である私の住まいに早く辿り着いて玄関の前に立って私を待っていたではなかったか。そこで私は感激して「令ちゃん、速かったわね」と玄関の錠を何よりも早く開けたではなかったのか。叱ることもしなかったのである。首輪も緩めに止めてあったのではなかったか？　最近、痩せたのではないか、という思いがしてきたのであった。

娘婿が令ちゃんを前にして「それにしてもよく帰ってきましたね、おかあさん！」と言ってくれるのだ。しかも、飼い主宅ではなくわが家にである（飼い主宅は一軒置いて隣）。

日中は一日、遊びモードに入っているのではないか。飼い主宅では生活モードだとすると、日中預けられているわが家では遊びのモードなのだろう。その中で突然首輪もリードもなくなれば、それは身も心も軽くなり、コロナ禍の中慎ましく、歩きのテンポが走りのテンポに変わる。景色も行き交う人も車も変わって見えたことだろう。

春夏秋冬の散歩は、一緒に行く人で令の世界観が変わることだろう。同行二人《どうぎょうににん》？　また令と同じ景色を見ることでお互い感じることが同じに思えることもあるのではなかろうか。

桜の季節の頃、広い畑の一隅に大きな桜の木があり七分咲きの花を眺めていると、リードで繋がれている令は、私の顔を見ていたが、木の下の蔭に座り込んで桜を見て満足そうだ。

今年は国民文化祭が宮崎で開かれている。書店で神社巡りの際の御朱印帳をいただいた。青島神社にも立派なお印《しるし》があると聞く。手始めに娘夫婦と我々夫婦で詣でたいと思っている。もちろん、令も一緒に！

柴犬と散歩ゆくなりゆったりと思いは知らず心は一つ　（二〇二一年九月）

柚木崎　敏

千歳の兄弟会

新型コロナの感染防止とやらで、外出自粛が叫ばれ、ただでさえ何もできない老人にとっては、まるで独房に入れられた思いだ。

訪れる友もいないし、電話も来ない。一切のコミュニケーションが、途絶えている。

もともと「生きる力」とか「生きる希望」など持たぬ私には、絶望的な辛さである。

なんとかこの閉鎖的現状を打破できないかと、引き籠もりの正月に考えた。

正月といえば、我が家では、兄弟全員が実家に集まって、挨拶を交わす兄弟会を、毎年やる。やり始めてもう五十年は経つだろう。

兄弟は、六名である。私を長子として、次が女子、以下四人全員が男子である。だからそれぞれの異文化を持つ嫁さんたちが、一堂に会するのである。そして各家庭の子ども——私たち兄弟からいえば孫——を連れて、最近はその子——つまり曾孫——まで来るから、大変な賑わいになる。かれこれ三十人近くになるのだが、今年はコロナ自粛とあって、県内の親のみとの申し合わせで、福岡在住の四男夫妻を除く五組の夫婦、十名だけが集まった。例年にない寂しい集いだった。だが、私たち兄弟はまだ一人も欠けていない。離婚者もいない。

戦時中の家庭では、八人兄弟とか、十人兄弟とかの家族は珍しくなかったが、戦死しましたとか、病死しましたとかで、生まれたときの全員が健在という一族は、今は稀なのではあるまいか。

我が家の年間行事は、正月だけではない。「お盆」である。皆で集まり、先祖の供養をする。年末には、屋敷の一隅にある祠の「神祭り」。そして「餅つき」である。「お盆」と「神祭り」には、神職を頼む。

「餅」は、機械が作るので、専ら「餅丸め」が、ご夫人方の仕事になって、旦那たちは、薪集めと竈の火焚き専門になった。

孫たちも大喜びの年越し行事の一日である。

大晦日。実家に泊まり、両親と元旦を迎えるのは、私たち夫婦と、十八歳年下の末っ子の弟夫妻だ。両親が亡くなっても、位牌のそばで泊まることを、ずっと続けている。

明けて新年。恒例の兄弟会。司会は末弟の役目。私は、先ず家長として、挨拶させられる。

たまたま、二十余年前の原稿があったので、会の雰囲気を想像してもらうため、恥ずかしいが、あえて披露する。

新年の辞

皆さん！　新年おめでとうございます。

本日ここに、昭和六十年の元旦を、全員元気に迎えることができましたことを、心からお慶び申し上げます。

さて、本年は昭和六十年となり、人間で言えば、年号が還暦を迎えたことになります。

来るべき二十一世紀が、すぐそこまで迫っており、その助走の第一歩を踏み出す、意義ある年でもあろうかと思います。

わが一族も、昨年はどの家庭も、おおむね無病息災、ただ哲郎（四男、福岡在住）家の菊子さんが手術されましたが、ご覧のように術後の経過良好で、以前より健康になられた由、慶賀に堪えません。

本年は、仁（私の次男）が大学を卒業し、就職予定。尚子さん（二男の娘）が短大を卒業し就職内定、そして成人式を迎えます。また、浩二くん（二男の息子）は、高校卒業と同時に家業継承を決め、はるばる千葉の菓子舗で修業しようと、旅立たれると聞いています。こうした、若い世代が次々と巣立つ年でありますので、どの家庭でも、自重自愛、健康に留意し、この年を過ごしてもらいたいと願うものであります。

また、遠くカリフォルニアにいる静代（私の娘）も、二人目の出産予定とのこと、目出度き限りであります。

さらに、私ども不肖の子の生みの親、ばあちゃんもすこぶる元気で、本年八十歳の、傘寿を迎えました。静代の曾孫出産には、ぜひ渡米したいとの望みを持っています。この希望の実現と、健康第一、さらなる長生きの記録更新を願って止みません。

本日ここに並べてもらった、ご馳走の数々を作ってくださった奥様方に、深甚の謝意を表します。これだけの料理を、宮崎あたりで注文すれば、一人前五千円はするだろうとの男どもの評価であります。

今後も、ますます若さと美貌を保ち、美味しい料理を作っていただきますよう念願し、ねぎらいの言葉といたします。

それでは、新しい年の初めの、兄弟会を始めます。

昭和六十（一九八五）年一月二日

こんな集いを、毎年、繰り返してきたが、コロナは、これも廃《や》めさせ、親たちだけの寂しい集会にしてしまった。

兄弟は、それぞれに病気持ちである。

六人のうち三人が、心臓の弁を取り替える大手術をして、身体障害者の上位何級かに格付けされている。

しかし、これには何某《なにがし》かの優遇策もあるようである。例えば公共の交通機関の運賃が割引きされ、さらにその付添人まで恩典を受けられるとか。さらに公立の博物館や美術館などの入場料金が、大幅に値引きされるようだ。

兄弟会で、毎年旅行をした。運賃が家庭によって違うが、割勘にした。障害者が、常に健常者より元気に、先頭を颯爽と歩くからだ。

コロナは、こんな楽しい行事まで潰した。

なにか生きる力になるような目標はないか?を模索する。何としても、この閉塞感を打破したい。

一番若い七十歳そこそこの末弟の嫁が、

「六人兄弟全員が揃って生きているのも、大変珍しいのに、嫁さんと誰も離婚していないのも、今時、模範的家庭よ。皆の平均年齢は、何歳でしょうか?」

と、口を開いた。誰かがすぐ、表を作って壁に貼る。

「八十歳くらいかな?」

柚木﨑家年齢一覧
(令和 3.1.1 現在)

兄弟	夫	妻	計
長男	92	87	179
長女	90	89	179
二男	85	82	167
三男	84	79	163
四男	81	73	154
五男	74	73	147
計	506	483	989
平均	84.3	80.5	82.4

「総計九百八十九歳か」

誰かが驚いて表を見つめ、呟いた。

続いて、末義妹が、大発見をしたかのように
「あと一つずつ皆で年を取れば千一歳よ」

と、叫んだ。

なるほど、六人の兄弟が、連れ合いともども、誕生日を迎えれば、来年の元旦には、年齢の総和が、見事に千一歳に達する。これは、今まで誰も考えたこともない、新しい話題で、珍しい事柄の大発見だった。この実現のためには、少なくとも、全員が今年いっぱい、生きねばならない。

「よし、これだ。〝千歳の兄弟会〟が、今年の目標だ」

何の目標も希望も持たず、ただ漫然と余生を送る最年長の家長が、初めて摑んだ明確な、慶びの生きる力だった。

「千歳到達は、誰か一人逝けば、その失った年齢を、残り全員で取り戻さねばならぬから、少なくとも七、八年かかる。その間に、すぐ誰かにお迎えが来るだろうから〝千歳の兄弟会〟の実現は、今年が最初で最後の正に千歳一遇の好機かも知れないよ」

と、誰かが言うと、皆が顔を見合わせた。

しかし、この杞憂は、運命のいたずらか、すぐ六月に悲しい現実となった。私の竹馬の友であり、無二の親友だった、妹婿の杉尾良也さんが、あの世に旅立ったのだ。元気なスポーツマンで、多趣味な風流人。

現代医療でも、完治できる手立てがない難病に、医者も投薬せず、「座して死を待つ」状態だった。

緊急入院翌日の未明、コロナ蔓延防止のため、彼の枕辺には、家人の付き添いもいないまま、ひっそり寂しく逝ってしまった。奇しくも六月十六日は、彼と親交のあった鹿児島の陶芸家十四代沈寿官さんの命日だった。寿官さんが、迎えに来られたのかも知れない。

彼は、教職在職中にも栄達を望まず、ひたすら自分なりの学究の道を歩き続け、教職を退いた後も、郷里国富町の文化振興に郷土史研究や古典解読など幅広く貢献する。

彼の死を悼む大勢の町民が葬儀に駆け付けた。

遺体を納めた霊柩車が、警笛を鳴らし斎場を出ようとした時、突如、見送りの人垣から歌声が響いた。洗練された格調高い旋律だった。二十数年前、彼が立ち上げた「くにとみ男声合唱団」の合唱だった。団員は、涙ながらに、車が見えなくなるまで歌い続けた。

彼の功績に相応しい、素敵な出棺だった。

〝千歳兄弟会〟の夢は、半年で消えたか？

「良也義兄さんは、二月二十八日が誕生日だから、年齢はすでに到達しているね」

と、一応もっともらしい、肯定論が出た。

「賛成。それならお義兄さんも喜ばれるし、供養にもなるはずよ」

と、発意者の末義妹が、大声を上げた。

「大賛成！　次の正月は千歳成就会だぞ」

ようやく摑んだ、生きる目標。

盛大にやろう。

果たしてその日まで、九十三歳になるはずの、家長の命が持つだろうか？

横山 真里奈

ドライブ

ドライブ

山口に来て半年弱。担当していた宮崎のニュース番組を三月に卒業し、春から山口で活動している。宮崎で過ごした六年間、私のテレビ出演を誰よりも喜んでいたのは祖父だろう。昭和三年生まれ、今年で九十三歳になる祖父。大きな病気を患うことなく自宅で暮らしている祖父にとって、私の出演番組を見ることは生きがいの一つになっていたようだ。

現役時代の祖父は、長年、宮崎市の観光課長を務め、宮崎市観光協会の常務理事や巨人軍宮崎協力会の事務局長、雲海酒造や近畿日本ツーリストの顧問など、名刺に書ききれないほどさまざまな場所で、宮崎の活性化に取り組んできた。私がマスコミの仕事をしていることを誰よりも応援してくれていたので、宮崎を離れると決まったときには、できるだけ祖父にショックを与えないようにと、父や叔父とタイミングや伝え方の相談もした。

春から祖父は随分寂しい思いをしているだろう。私はいつもお守り代わりに財布に入れている祖父の名刺に、「まだまだ頑張りなさい！」と励まされている。

祖父とは二歳になるまで一緒に暮らしていたが、父の仕事の転勤で宮崎を離れてからは盆と正月、年二回の里帰りで会うだけになった。祖父の家に到着すると、まず姉と二人で祖父の部屋に行く。すると、祖父は私たちを抱っこして持ち上げ成長を確かめた。これが小学校低学年くらいまでの恒例行事だった。それから成長するにつれ祖父が抱っこをすることは無くなり、中学生くらいになると恒例行事は祖父とのドライブに替わった。

「まりなちゃん、ニワトリを買いに行くね？」

祖父の言うニワトリとはケンタッキーのことだ。近所のケンタッキーに行くまでのたった十分のドライブだが、それが里帰り中に私が一番楽しみにしていることだった。普段は車庫で眠っている祖父のローレル。ホワイトとパールのツートンで、ボンネットにはエンブレムが輝いていた。車体はいつもピカピカに磨かれていて、座面はえんじ色のベロア生地に包まれていた。ただし後部座席にはビニールが付いたままだったので、生地に触れたい私はいつも助手席に座った。

静かに車が滑り出すと始まるのは、観光課長による市内ガイド。右手には公立大学、左手には附属中学校と小学校。左に曲がってしばらくすると県病院が見えてくる。時速三十、四十キロで走る祖父の運転では景色がゆっくり通り過ぎ、とても長い道のりに感じた。いつも同じ道を走るのでもう何十回と聞いているガイドだが、不思議と飽きもしなかった。

祖父が大切に手入れしている車に乗れる機会はめったに無かったし、観光課長のガイド付きドライブは、子どもの私をまるで貴族にでもなったような気分にしてくれた。私をお姫様にしてくれる特別なドライブは、後にも先にも祖父とのドライブだけだろう。

米岡光子

コロナ時代、ラプソディー

コロナ時代、ラプソディー

令和二年は、新型コロナウイルスで過ぎた一年だった。会いたい人に会えず、行きたい所にも行けない。仕事も生活様式も大きく変わった。これほど長引くとは露ほども思っていなかった。

人間には楽観性バイアスがある。自分だけはコロナに感染しない。こんな制限のある生活も少しすれば収まって元の生活に戻るだろう、と。時としては、その楽観性が困難に生き抜く原動力にもなるかもしれないが、二年目に入っても一進一退、感染は収まらない。

最近は挨拶代わりに「ワクチン接種した？」が、合言葉のように交わされる。

宮崎県は接種率が高いと数字が出ているが、私には、まだ順番が回ってこない。かかりつけ医で、すぐに予約をしたにもかかわらず、予定では一回目が九月一日になっている。

「こちらでは七十五歳以上の方を先に接種しますので、その後になります。日程が決まりましたら、また連絡しますね」と予約を入れた時に、言い渡されていた。

数週間後、病院から、

「あなたは、予約者の中では若いのです。それで、ずい分遅くなってしまうので、集団接種にされたらいかがですか」

エッ、今更。還暦を過ぎて古希も近い身に、こんな場面で「若い」と言われても、ちっとも嬉しくない。一瞬、迷ったが、

「遅くてもいいので待たせてください。喘息で診療してもらっているので、できたらこちらで接種していただきたいんです。それまで、コロナに感染しないように手洗いを徹底して、二重マスクで頑張りますので……」

何の宣言かと思われるほど場違いに決意表明をして、すがりついた。

「そうですか。わかりました」

さあ、宣言通り感染予防に取り組もう。

以前はなじみがなく、苦しくて様にならないマスクではあったが、今では、すっかり順応している。マスクなしで外に出ようとすると、何か大きな忘れ物をしたような感覚になり、慌ててマスクをする。習慣とは恐ろしい。

ただ、マスク顔は誰なのか分かりにくい。

母の付き添いで、病院に出掛けた時のこと。待合ロビーから、大きなガラス窓を通してぼんやり外を見ていると、学生時代の友人Mに似た女性が病院に向かって歩いてくる姿が目に入った。Mが診察に病院を訪れたとも思えず、ここで出会うはずがない。単なる他人の空似なのであろう。数年会っていないし、おまけにマスクで顔が分からないが、それにしても、ちょっと猫背でスタスタと歩くところなど、Mに似ている。そう逡巡していると、そのMに似た女性が「すみません。……」と受付で声を掛けた。離れていて聞き取りにくいが、何やら忘れ物を取りに来たようだ。断片的に聞こえてくるその声はMだ。用事が済んで帰ろうとしているMに近づき、勇気を持って話しかけた。

「あのー、すみません。Mさんですか?」

Mと思しき人が、一瞬ギョッとしたように私を見て立ち止まり、いぶかし気な顔つきでジィーと見つめた。私と言えば深くマスクをして黒ぶち眼鏡、少々くたびれた綿パンに汚れたスニーカー。怪しい人物とマークされたのであろう。しばらく間があって、

「あのー、米岡さん？」

やっぱりMだった。お互いの人物確定ができるや否や、よそ行きの言葉で話しかけたことが恥ずかしいやらおかしいやら、思わず二人して照れ笑いする始末。これでやっとMとつながった。誰かとつながっているという思いは、単純に嬉しくさせる。

マスクは、コミュニケーション阻害要因の一つにもなりそうだ。これからマスク顔で人に話しかける時は、「こんにちは。米岡です」と名のることが礼儀と言えそうだ。声を大にして「マスク顔には、名のりが礼儀」と叫んでおこう。

非常勤先の昨年入学した専門学生は、マスク着用が原則の対面授業が、ずっと続いている。したがって、会ってはいるのだが、未だに素顔を知らない。もちろん学生も同様で、私の素顔が分からないはずである。

一度、学生の素顔を垣間見たことがあった。午前中の授業が終了して数人の学生が、お弁当を食べようとマスクを外した。

「へェー、こんな顔していたんだ」

マスク顔とはイメージが大きくかけ離れていた。

マスク着用でこのまま学校生活が続くとすれば、この学生たちとは、お互いに素顔を知らぬまま、別れてしまうことになる。コロナが収束してマスク無しの生活に戻った時、その学生たちと道ですれ違っても、お互いに誰だか分からない可能性がある。素顔を知らずに過ごす年月は、仮面のつながりになるのかもしれない。それは、何ともやるせない。


昨年春、新型コロナウイルスの感染が拡大してきた頃、マスクが手に入らずに困っていた。とにかくマスクが貴重で、不織布でさえも洗って何回か使おうとしていた。それが今は必要以上に充足され、お金さえ出せば自由に好みのマスクが手に入る。

だからなのか、道を歩けばマスクが落ちている。マスクを落として気が付かないのだろうか。その後はどうしているのか。落ちているマスクは誰が片付けるのか。老婆心ながら、あれこれ心配してしまう。

マスクが落ちていると、そこだけ汚染されているような、絶対近づいてはならないエリアに感じて、無意識に避けて通ってしまう。

人間は、本当に勝手なものだ。そして、したたかだ。

オンラインで接遇研修を担当することを数回経験した。コロナ禍、このやり方も一つの方法ではあるのだし、好き嫌いや、できるできないなどと言っていられない。これからオンラインの技術は一層進化するだろうし、利用する側の工夫も上達するだろうから、ますます広がっていくと思われる。

ただし、私には今のところ、ちぐはぐな印象がぬぐえない。こちらの問いかけに反応が二、三秒遅れるので、どうにも頑張りづらい。特に、「ここは笑うところ」の反応が遅れると、しらけてしまう。

また、画面越しで、相手の表情が読み取りにくい難しさもある。人心を把握するには間合いやタイミング、表情の読み取り、場の温度感が大事だと改めて実感した。「頑張ろう！」「オー！」のエール交換を温度差なく交わしたい。

オンライン推進の一方で、研修後のモチベーションアップや「心合わせ」として懇親会をする楽しみや重要さが失われてしまう気がしてならない。利便性とひそかな楽しみ、どちらか一つを選ぶのは悩ましいところだ。

その前に、そもそも私はＳＮＳ方面に疎く全くついていけない。どちらかを選ぶどころの話ではない。ＳＮＳは進化し続けるし、その時代に追いつき頑張るべきか、否、いっそのこと「まあー、いいや」と開き直るべきか。「まあー、いいや」と開き直ったとしても、仕事にも生活にも支障をきたしそうなので、誰かその方面に知識が深く、味方になってくれそうな人を探すのが早道かもしれない。

仕事であれば、アナログで面倒なヤッと思われても、「どうしても」と相手に思われるだけの特別な存在や魅力があれば、アナログでも生きていけそうだ。現に、携帯電話も持たないという著名人は、けっこういる。しかし、それだけのものがない凡人では、わざわざ声はかけてくれないだろう。自分を高め特別な能力や魅力を身につける努力か、SNSを習得し時代に追いつく努力か、悩ましい。

ポストコロナ時代は、どんな生活になるのだろう。全て元通りは、あり得ないはずだ。思わぬことが待ち受けているかもしれない。何はともあれ、人間に寄り添うデジタル社会であってほしい。私のように究極の選択を迫られたり、落ちこぼれたりする人がないように。

渡辺綱纜

橋田壽賀子さんの思い出

橋田壽賀子さんの思い出

橋田壽賀子さんが亡くなった。橋田さんは、一九二五年の生まれだから、私より六歳年上だが、いつお会いしても若々しく、新鮮で、お話が楽しく、私は勝手に、永遠の少女と思い続けていた。

橋田さんに初めてお会いしたのは、私が宮崎交通の企画宣伝課長時代だった。

当時の宮崎は新婚旅行のメッカと言われた時代で、マスコミの取材が多く、私はそのお世話で、毎日が大忙しだった。

ちょうどその頃、ＴＢＳテレビのプロデューサーだった石井ふく子さん（俳優伊志井寛さんの長女）が、何かのテレビドラマのロケハンだったと思うが、橋田さんと一緒にふらりとやって来られた。

ちょうどお昼どきだったので、私はお二人を、日南海岸堀切峠のフェニックス・ドライブインにご案内した。

そこで、名物の「魚すき（魚のすきやき）」をご馳走したが、その日は石井さんが主役で、橋田さんは付き添いみたいな形だったので、「私までご馳走になって……」と、ひたすら恐縮されたのが、印象に残っている。

その日から私は、すっかり橋田さんのファンになって、「おしん」をはじめ、「渡る世間は鬼ばかり」など、数々のドラマを熱心に視聴したが、橋田さんの作品は、どうしてこんなに次々に大ヒットするのだろうかと、感心したものである。

橋田さんと最後にお会いしたのは、宮崎交通を退職してからだったが、宮崎観光ホテルに泊まっておられるとのことでお訪ねした。

ちょうど、新聞社の取材中だったのに、わざわざ席をはずして出て来られ、「渡辺さん、あの時の魚すきの味が忘れられませんよ」と、お礼を言われて、うれしかった。

橋田さんは、本当にやさしい人だった。

石井ふく子さんは、確か橋田さんより一つ若かったと思うが、ご健在で、舞台演出などで活躍しておられるので、コロナでも落ち着いたら、一度お会いして、橋田さんの思い出話をしたいものだと、しみじみ思う今日この頃である。

【会員プロフィール】

伊野啓三郎　一九二九年、旧朝鮮仁川府生。広告会社役員を経て、一九八四年よりMRTラジオパーソナリティとして出演中。著書に「花・人・心」。日本エッセイストクラブ会員。

岩田　英男　一九五二年生。高等学校地理歴史科・公民科教諭、宮崎県教育委員会主事・主査、教頭、校長として高校教育及び教育行政に携わる。現在、学校講師、不動産会社顧問。

興梠マリア　アメリカ出身。語学講師・異文化紹介コーディネーター。「宮崎県文化年鑑」編集委員。「みやざき文学賞」運営委員、毎日新聞「はがき随筆」選者。日本ペンクラブ会員。

須河　信子　一九五三年、富山県井波町（現南砺市）生。一九七〇年より宮崎市に在住。大阪文学学校にて小野十三郎・福中都生子に現代詩を師事。

鈴木　康之　一九三四年、宮崎市生。京都大（法）卒。一九五八年旭化成㈱入社、退職後帰郷。現代俳句協会会員、「海原」「流域」同人。著書に『芋幹木刀』『故郷恋恋』『いのちの養い』。

高木　眞弓　一九五四年、神戸市生。宮崎市在住。毎日新聞に随筆投稿、第十六回毎日はがき随筆大賞受賞。身近で癒やしになるような作品を作ることが目標。

谷口　二郎　東京医科大学卒。産婦人科医。宮崎大学医学部看護学科臨床教授。一九八五年、宮崎市内で開業。一万人以上の赤ちゃんを取り上げる。『男がお産をする日』など著書多数。

戸田　淳子　一九八二年より俳句結社「雲母」「白露」で俳句を学ぶ。現在、日本エッセイストクラブ会員。みやざき文学賞運営委員。みやざきエッセイスト・クラブ理事。

中武　寛　西都市在住・大検合格・中央大学（法）卒・西都市職員・医療福祉専門学校（非）講師・特養老人ホーム施設長・民事調停委員等・小説出版（文芸社）。

中村　薫　男性。一九六五年生。グリコアーモンドキャラメルが好物。毎日新聞「はがき随筆」に度々投稿。ウッドベースを嗜む。博士（農学）。当クラブ編集長を拝命し右往左往中。

中村　恵子　一九五四年生、小林市在住。川南町モーツァルト音楽祭事務担当。エッセイ集『ラジオ記念日』（二〇一四年）

中村　浩　一九三二年生。宮崎県新富町上新田出身。フェニックス国際観光㈱を二〇〇〇年に退任。著書にエッセイ集『風《かぜ》光る』（一九九二年）、『光《ひか》る海』（二〇〇二年）。

野田　一穂　東京女子大学文理学部英米文学科卒。読み聞かせボランティア勉強会「まほうのつえ」・語りを楽しむ会「語りんぼ」代表。文芸同人誌「龍舌蘭」同人。俳句結社「暖・河」会員。

福田　稔　一九六一年、熊本県球磨郡錦町生。帝塚山学院大学（大阪府）を経て、二〇〇二年より宮崎公立大学で教える。専門は英語学・理論言語学。みやざきエッセイスト・クラブ会長。

丸山　康幸　一九五二年、東京生。神奈川県茅ヶ崎市在住。愛読書は東海林さだお、アラン・シリトー、ロバート・キャパ、永井荷風、リチャード・ボード。

森　和風　西都市出身・書作家。金子鷗亭に師事。書教育家／書芸術家として六十年を超える。半世紀以上、国際文化交流に尽力。第51回宮崎県文化賞受賞（H12）。日本ペンクラブ会員。

森本　雍子　旧満州国生。宮崎市役所、㈱宮交シティ勤務。現在、宮崎県芸術文化協会監事。みやざきエッセイスト・クラブ当初からの会員。日本エッセイストクラブ会員。

柚木﨑　敏　国富町生。教員として県下を放浪、宮崎市で退職。本会最年長。耄碌老衰はなはだし。書けるのも本年が最後だろうと承知しているが、「雀百まで踊り忘れず」か。

夢《ゆめ》　人《と》　（本名　大山博司）一九六三年、長崎市生。鹿児島大学大学院（医）卒業。脳神経・精神を専門に開業。本業、趣味とも好奇心旺盛な、マルチな万年青年を目指す。

横山真里奈　ＮＨＫ山口放送局キャスター（前ＮＨＫ宮崎放送局キャスター）。元会員の祖母、横山多恵子からのバトンを引き継ぎ、エッセイに挑戦中。

米岡　光子　宮崎市在住。専門学校の非常勤講師（秘書実務）、接遇研修の講師を務める。ＭＲＴラジオ「フレッシュＡＭ！　もぎたてラジオ」（毎週木曜日）マナー相談のコーナー担当。

渡辺　綱纜　宮崎交通に四十六年間勤務。退職後、宮崎産業経営大学経済学部教授。現在は客員教授。自由人になったが、名刺が必要になり作成した。「岩切イズム語り部《べ》」。

あとがき

中村　薫

令和三年、寄せては引く度重なる新型コロナウイルス感染症の荒波の中、我が国では一年遅れの東京オリンピック、パラリンピックが開催されました。アスリート達の活躍が世界の多くの人々に感動と勇気を与えた年だったかと思います。

そのような中、今年もみやざきエッセイスト・クラブ会員からそれぞれの個性光る二十六編の作品が集まり、作品集26『珈琲の香り』をお届けすることができました。お楽しみいただけたでしょうか。何かしら皆様の心に残る作品集であることを会員一同願っております。ご意見ご感想をお寄せいただければ嬉しい限りです。

表紙画と扉絵は地元宮崎で精力的に活躍されている榊あずささんにお願いしました。これらは、さまざまな色・柄の布地を組み合わせ、さらに刺繡やビーズや石などで装飾してつくられた作品です。それぞれの感性で紡がれたエッセイが集まり一つになった、この作品集にぴったりの画ではないかと思います。

会員の動向ですが、竹尾康夫さん、宮崎良子さんが退会され、会員は二十二名となりました。

さて今回、宮崎良子さんに代わり、私が編集を担当することになりました。初めての大役に戸惑い、悩める私を福田稔会長はじめ会員の皆様と鉱脈社の小崎美和様のご協力ご支援で何とか出版までたどり着くことができました。心より感謝申し上げます。

編集委員会　岩田　英男　興梠マリア
須河　信子　戸田　淳子
中村　薫　森本　雍子
宮崎　良子（賛助会員）

珈琲の香り

みやざきエッセイスト・クラブ 作品集26

印刷 二〇二一年十一月一日
発行 二〇二一年十一月十二日

編集・発行 みやざきエッセイスト・クラブ©
事務局 小林市堤三〇六九－五 中村方
ＴＥＬ ○九〇－二五一二－三二六八

印刷・製本 有限会社 鉱脈社
宮崎市田代町二六三番地
ＴＥＬ ○九八五－二五－一七五八

作品集　バックナンバー

1	ノーネクタイ	一九九六年	一三四頁	八七四円
2	猫の味見	一九九七年	一八六頁	一二〇〇円
3	風の手枕	一九九八年	三二〇頁	一五〇〇円
4	赤トンボの微笑	一九九九年	一六二頁	一二〇〇円
5	案山子のコーラス	二〇〇〇年	一六四頁	一二〇〇円
6	風のシルエット	二〇〇一年	一四六頁	一二〇〇円
7	月夜のマント	二〇〇二年	一五四頁	一二〇〇円
8	時のうつし絵	二〇〇三年	一八六頁	一二〇〇円
9	夢のかたち	二〇〇四年	一八四頁	一二〇〇円
10	河童のくしゃみ	二〇〇五年	一八八頁	一二〇〇円
11	アンパンの唄	二〇〇六年	二〇八頁	一二〇〇円
12	クレオパトラの涙	二〇〇七年	一八四頁	一二〇〇円
13	カタツムリのおみまい	二〇〇八年	一七二頁	一二〇〇円

みやざきエッセイスト・クラブ

14	エッセイの神様	二〇〇九年	一五六頁	一二〇〇円
15	さよならは云わない	二〇一〇年	一五六頁	一二〇〇円
16	フェニックスよ永遠に	二〇一一年	一六四頁	一二〇〇円
17	雲の上の散歩	二〇一二年	一六〇頁	一二〇〇円
18	真夏の夜に見る夢は	二〇一三年	一七二頁	一二〇〇円
19	心のメモ帳	二〇一四年	一八八頁	一二〇〇円
20	夢のカケ・ラ	二〇一五年	二一六頁	一二〇〇円
21	ひなたの国	二〇一六年	一九六頁	一二〇〇円
22	見果てぬ夢	二〇一七年	一九二頁	一二〇〇円
23	魔術師の涙	二〇一八年	一九二頁	一二〇〇円
24	フィナーレはこの花で	二〇一九年	二〇二頁	一二〇〇円
25	上を向いて歩こう	二〇二〇年	二一六頁	一二〇〇円
26	珈琲の香り	二〇二一年	一七六頁	一二〇〇円

（いずれも税別です）